◆◆ 中国文学名家小小说精选丛书

借一步说话

刘正权　著

江西高校出版社
JIANGXI UNIVERSITIES AND COLLEGES PRESS

南　昌

图书在版编目（CIP）数据

借一步说话 / 刘正权著 . -- 南昌 : 江西高校出版社 , 2025. 6. --（中国文学名家小小说精选丛书）.
ISBN 978-7-5762-5583-6

Ⅰ . I247.82

中国国家版本馆 CIP 数据核字第 2024A73J40 号

责 任 编 辑　王进颖
装 帧 设 计　夏梓郡

出 版 发 行　江西高校出版社
社　　　　址　江西省南昌市新建区工业二路 508 号
邮 政 编 码　330100
总 编 室 电 话　0791-88504319
销 售 电 话　0791-88505090
网　　　　址　www.juacp.com
印　　　　刷　鸿鹄（唐山）印务有限公司
经　　　　销　全国新华书店
开　　　　本　650 mm×920 mm　1/16
印　　　　张　13
字　　　　数　160 千字
版　　　　次　2025 年 6 月第 1 版
印　　　　次　2025 年 6 月第 1 次印刷
书　　　　号　ISBN 978-7-5762-5583-6
定　　　　价　58.00 元

赣版权登字 –07-2024-1022

CONTENTS
目　录

借一步说话

◀ 攒点力气去寻死

零点时，电话准时响了。

手机调的是震动，秦嫂探起身子，看对面病床，不是那有一搭没一搭的微弱呼吸，病房里可以用死一般沉寂来形容。

偏就不死，这老爷子。

跟阎王较劲呢这是！主治医师晚上查完房，在外面冲秦嫂摊手自嘲说，老爷子多活一天，主治医师就被多打一天脸，根据他的经验判断，这老爷子根本活不过上月底，孰料，都月头到月中了。

才不是，秦嫂气鼓鼓地，老爷子是跟自己较劲呢。

请她当护工时说得明明白白的，就一个月，月满她走人。

眼下，月满了，她人却走不开，老爷子的子女一个都不在医院陪护，秦嫂甩不开手，也狠不下心。

只能在电话里发泄不满了。

还是那样？

不那样能哪样，一口气悠得长长的。

那是悠谁呢？

要悠死我呗，秦嫂没好气地挂了电话。

老爷子的儿女每晚轮番给秦嫂打电话，语气中很是尽孝道，用最贵的药，请最好的陪护，钱不是问题。

有钱人，忙的都是钱的事。

秦嫂没钱，忙的更是钱的事。

当护工钱多，她这种轻车熟路会伺候瘫子的护工不多。

老爷子的病多且杂，每一种都足以致命，古怪就古怪在这儿，这么多的病同时发作，居然就只是垂死，一口气悠着，让素以铁嘴著称的主治医师脸面全无。

秦嫂不要脸面，她要的是兑现跟男人的承诺，说好做一个月回去的，却拖了又十天，算怎么回事。

病房没开灯，秦嫂摸索着回到床前，刚要躺下，病床那边呼吸加重了，秦嫂眼睛一亮，赶紧开灯，扑过去。

意料中的老爷子并没眼睛翻白，相反，浑浊的眼球有了神采，老爷子嘴巴吧嗒着，饿，我饿！

秦嫂手忙脚乱冲营养米糊，心里盘算着，回光返照，肯定是。

老辈子讲究，人死之前会有一阵特别清醒的时光，以便交代后事什么的。

营养米糊吃了小半碗，老爷子有了气力，声音虽然还小，却不是断断续续的，以后，你每晚零点，给我冲营养米糊，半碗。

秦嫂奇怪，为啥每晚零点？

马无夜草，不肥呗！老爷子竟然还有心事说这话，我得靠，这营养米糊攒点力气。

秦嫂不以为然，都这样了，攒点力气有啥用，挪得动身子还是迈得开步？

我攒点力气寻死，不行啊！老爷子忽然发了怒，喉咙一喘一喘的。

攒点力气寻死？秦嫂好笑，躺在医院有人看护着有药物保养着顺顺当当体体面面死去，多美的事。

美的是他们，老爷子摇头，他们那点算盘，当我不知道？我死了，他们名誉多好听，花了大价钱请专人陪护，那孝心，一般人做得到吗。

秦嫂承认，这孝心一般人真的做不到，不是看在大价钱份上，秦嫂怎么拔得开脚步来陪护。

我可不想让不相干的人给我送终！老爷子头一偏，说你睡去，一时半会我死不了，等我攒点力气再自己寻死。

完了闭目养神，那呼吸，竟一长一短，非常平稳。

呼吸不平稳的，倒是秦嫂，怎么都没能睡踏实，呼吸要么长，要么短，要么急促，要么悠长，攒点力气寻死，老爷子这是闹哪出？

只有被忤逆的老人，才会自寻死路，好端端的，谁不愿多看两眼世界，老爷子是想让世人戳儿女的脊梁骨呢。

戳吧，把脊梁骨戳穿才好，当人有钱就可以任性啊。

秦嫂不睡了，决定也任性一回。

谁说穷人不能任性的，不就是十天的钱，不要总行吧，一念及此，秦嫂掏出手机，准备回拨过去，走人。

还没摁键，手机呜呜振动起来，没任何征兆，秦嫂吓一跳，习惯性按下接听，那边声音很急促，妈，爸爸寻短见，走人了！

秦嫂眼前一黑，临走前一幕清晰再现在脑海。

高位截肢躺床上几十年的男人说你给我床头屋梁绑根绳子，我睡疼了可以拉着绳子坐起来，免得生褥疮。

秦嫂说就一个月，那么巧就生褥疮了，等我挣这笔大钱回来给你买个电动轮椅，你该出去晒晒太阳，看看世界了。

该死的，怎么就答应他给绑了绳子，他可是有力气寻死的人啊！秦嫂眼里攒了几十年的泪一下子漫了出来。

◀ 借一步说话
....

秦嫂做陪护，算得上老资格。丙肝这病却是第一次听说，丙肝病人更是第一次陪护。

检查结果出来，秦嫂看见那个男人在病房走廊上一倒一倒地走了不下十个来回，好几次都把护士车给碰翻了。男人左脚踩短得厉害，一动步，整个身子就向左边倾斜，乍一看，失事飞机样要栽倒地上似的。

秦嫂为他担着心，男人真栽倒地上，病床上的女人怕是爬不起来了。

顶梁柱呢，这个稳不住身子的男人，却能稳住病床上女人的心。

十个来回后，秦嫂看见男人趁着走廊空无一人时，一倒一倒地截住了查房完毕准备下夜班的主治医师大陈，陈医生，借一步说话！

是夜间，那句事无不可对人言的口头禅没从大陈嘴里蹦出来，白天，秦嫂可是听大陈挂在嘴边的。

这一步借得有点远，男人身子左倾得只差要贴在大陈肩膀上。进电梯，下楼，如果没猜错，男人把脚步借到大陈家里了，大陈家就在住院部后面的家属楼。

男人一倒一倒的身影，是过了大半小时后才再度出现在秦嫂眼前的。

秦嫂不说话，陪护只需要手脚勤快就行，嘴巴太勤快，不是好事。

男人很以为功的模样，冲女人说，都搞定了，你安心养病，医生答应给你用特效药，一个星期就能出院，我回去找钱先。

找钱？特效药？秦嫂一怔，这不是能用得起特效药的人家。

不是欺穷，秦嫂自己就是穷人，穷人知道穷人的难处。

特效药，医生不会轻易承诺给病人开的，那得有相当经济实力做后盾，除非是医生患者之间另有猫腻。

男人走后，输完液的女人沉沉进入梦乡，她嘴角，还挂着一丝没能绽开的笑，苦笑，秦嫂这么给定义的。

丙肝的治疗，从护士口中得知，目前国内有效的药物只有干扰素，在急性丙肝的恢复期，选用干扰素每次 300 万单位，每周 3 次，皮下注射，持续一年，甚至更长时间，也才 70% 以上的患者可获痊愈。

这算什么特效药，秦嫂嘀咕着，对大陈有了不满。

好在女人病情确实好转了些许，腿脚上生出力气，食欲也有了。

男人再一倒一倒踅进病房时，忍不住冲秦嫂嘚瑟，能不给特效药，我可是……

男人做了个数钱的动作。

尽管男人表情很大气，但从他默算医院每天开出的账单眉目，秦嫂知道，男人口袋的钱，支撑不了女人住院的底气。

回去养病吧，女人盘算自己家底，说我问过医生，这病，不是一爪子就能抓下来的。

那，回去？男人一倒一倒找大陈开了出院证明。

稍微有点医德的人，不会在这个时候给开的，正要紧关头呢。

秦嫂愤愤然了，尽人事知天命，大陈怎么可以这样，拿了人家的钱不尽人事。

得讨个说法！

气冲冲到了大陈办公室，刚要砸门，一个男人半弓着身子倒退着出来，手里捏着一个纸条，陈主任，您放心，交代的事，我一准照办。

纸条上，很熟悉的一串数字，气头上的秦嫂没多想，脚下带响踏进办公室。

麻烦把门带上，咱们借一步说话！大陈冲秦嫂做个手势。

大白天，事无不可对人言的！秦嫂冷笑，干嘛借一步说话！门还是给带上了。

怕自己揭发他收红包？肯定是！做陪护，总能窥探出医患之间一些隐私。

大陈办公桌上，一个红包果然虚位以待着秦嫂的审视。

这个，你拿着！大陈目光从秦嫂脸面移到红包上。

封口费？秦嫂不屑，我怕拿了人睡不着觉。

不拿你更睡不着觉！大陈笑，不想知道给你红包的缘由？

当然想！

那个男人，不是要给他老婆用特效药吗。

知道，你用了干扰素！秦嫂故意把干扰素三个字咬得很重。

干扰素不过是治疗丙肝的常规用药，你又不是第一次做陪护，这名字还听少了？大陈一点不避讳，干扰素这种药，很多科室都能用上。

那真正的特效药是？秦嫂有点不懂大陈弄什么玄虚了。

索，菲，布，尔！

很贵吧？秦嫂看大陈一字一句说得那么费劲。

贵得超乎你想象！

秦嫂不往下问了，确实很多药物贵得超出秦嫂的想象，几十万一支的都有。

不然老百姓嘴里会有天价药的感叹，不然古话里会有黄金有价药无价一说。

你意思我帮你退回给他们？秦嫂听话听音。

千万别，那样会挫败他们治病的信心。

那你意思？秦嫂百思不得其解了，不成是要跟我见面分一半。

有个电影，《我不是药神》你看过吗？

听人说过，不就是从印度代购买抗癌药的事吗？秦嫂心里一激灵，莫非？

对，大陈笑，这两千元，你帮那对夫妻买一瓶印度产的索非布韦片，对他们的病很有帮助的，你的电话，我已经给刚才那人了，他会主动联系你的。

做好事，有时候也得借一步说话。秦嫂眼里升起了雾，那个一倒一倒的男人身影，因了这瓶药，能在女人面前挺立好久的。

◀ 活人难

没做陪护前，秦嫂一直觉得活人难。

不难，她不会去挣这种窝心钱。伺候人，不窝心的少。医院待久了，陪护的病人多了，秦嫂才晓得，活人一点都不难，难的是躺在病床上半死不活的人，难的是半死不活病者背后的家人。

不好做人啊。

但凡家里有个危重或长期病人，做家属的怎么选择做都难。

自己陪护吧，天底下像董永那种肯卖身葬父的子女有几个？这种时候，就有钱的钱吃亏，没钱的人吃亏。

秦嫂自然是把有钱人的亏给吃进嘴，帮人把亏欠病人的一份心补上。

饶是这样，旁边人还不领情，把子女说得一文不值。

多是跟病人有人情来往，感情未必深厚的人，碍于情面，到医院来尽人事。人事尽了，舌头上总要转个弯，老姐姐，羡慕你啊。

病床上的人不高兴了，羡慕生病的，说反了吧，看笑话不是？

才不是！旁边人很认真，大姐您孩子孝顺呢，自己端茶递水都不够，还专门请了陪护来送汤喂药，积多少德才有的福报。

福报？人心隔肚皮呢！躺病床的人看一眼病房门，这时候陪护就很自觉，到护士站跟护士交流病情。

当陪护久了，秦嫂知道，病人和家属，表面把自己当亲人，内心却当贼防着。

贼是暗里挖钱，秦嫂们是明里挖钱。有陪护贼心重的，在伙食上占病人便宜，更有甚者，撑开肚皮吃病人亲朋带来的水果，吃得天经地义的，陪护陪护，不就是样样陪着护着？

再厉害的家属都不好挑这个理，陪护那些活，自己能干，就不会请人，脏不说，还真的需要点技术。

秦嫂这种经常被护士推荐给病人的陪护，都是手底下有一套真功夫的，可以帮护士很多忙，这年月病人太多，护士忙不赢，有经验的陪护一上手，重要性就凸显出来。

做熟不做生，秦嫂的活路，都是病人间口口相传才接的。

那天秦嫂刚送走一个病人，打算歇口气再做，偏偏撞上直接就送到住院部的女病人，人没安顿好，开口就问有陪护吗？

秦嫂就被护士给推到家属眼跟前。

钱不会少你一分，男人财大气粗说，有一宗，她要能下地走路，你得第一时间告诉我！

秦嫂点头，谁愿意躺病床受罪啊。

女人很清秀，胸前睡衣濡湿了，有很浓的奶香，女人不说话，不看秦嫂，眼睛痴痴的。

能说什么呢，被家暴的，不是头一回了。护士跟秦嫂交底，别让她再跑回去挨打。

好了伤疤忘了疼的人还真有啊！秦嫂不解。

不解归不解，陪护得尽心尽力，不然对不起人家出的那笔钱。

女人的病没大碍，明伤。暗里，女人的心却抽搐成一团，动不动半夜惊醒。

秦嫂跟没瞌睡似的，女人身子一抖，她的手就轻轻拍了上去，一周后，女人能睡个安稳觉了。面色红润许多，还是不愿开口说话，也不下床走路。

男人每天晚上电话问，能下地不了？

不能呢！秦嫂回答，心弦已不紧绷着了。

人的神经一旦松弛，懈怠就不请自来，秦嫂到底扛不住，睡了个踏实觉。

一觉醒来，女人不见了，秦嫂手还摁在被窝上，不是女人身子，换成枕头了。偷梁换柱？秦嫂慌慌张张摸出电话，拨给男人。

电话通了，男人的话是吼出来的，震得秦嫂耳膜发麻，你这是第一时间？我让你看看什么是第一时间。

男人把电话开了免提，里面是女人歇斯底里的狂叫，还有婴儿的惊惶哭泣。

女人再度送到医院时，头发散落，腰身虚着，眼神空洞，不说话，不言语，睡衣前虽然濡湿，奶香却淡了许多。

男人把秦嫂叫到一边，秦嫂以为男人要冲自己发脾气的，孰料男人双膝一软跪在地上，大姐，求你千万给我尽点心，她一能下地就第一时间通知我。

见秦嫂百思不得其解望着自己，男人揉搓着手，她刚从戒毒所出来，非得要见孩子，还口口声声要给孩子喂奶，我只得下重手打了她。

打，不是办法啊。

打，是造成家暴这个假象，我不想让人知道她产后抑郁吸了毒，等她身上奶水回了，再想辙吧。

秦嫂是过来人，知道奶水一天不回，女人奶孩子的念头就一天不减。

活人难啊！男人点燃一根烟，眉头皱得被斩断半截的蚯蚓似的，我们可以不活人，孩子长大还要活人的。

◀ 丢人钱

给人端屎端尿，秦嫂不觉得丢人。

她这把年纪的人，就算不在医院做特护，照样得干端屎端尿的活。

当婆婆的哄孙子，不是一泡屎一把尿的伺候着。给孩子胯下夹一块尿不湿，那是城里懒婆娘才能做得出来的事，那才叫丢人。

秦嫂这次接的活，是个中风后出院没半年的老头，秦嫂早前陪护过他。

老头在家馋酒馋得不行，一杯酒刚进喉咙，脖子一梗，手一抖，嘴巴一歪，尿裤子了。轻车熟路送的医院，老马识途找了秦嫂。

老头就一个儿子，过继的，巴不得老头直接在医院咽气，秦嫂心里是这么认为的。要不然，儿子会屁股坐不住，这可是医院啊。

媳妇倒是坐得住，只要张嘴说话都全是牢骚。秦嫂恨不得拿把镰刀把话给割断，丝瓜藤子扯到南瓜藤子，就是不提说让老头转院。这个病，医生说了，再发作，得上大医院，省城的。

儿子屁股难得坐下来，拍板说，就这住着，陪护还是秦嫂。

秦嫂摇头。

媳妇说怕少了你的钱？

秦嫂还是摇头。

儿子说我出双倍的钱。

秦嫂这才点头。

媳妇黑着脸，那我得有言在先，老爷子大小便失禁，不能用尿不湿。

秦嫂说，我会给老爷子端屎端尿的。老爷子已经瘦成一张相片了，秦嫂抱得动。

一般病人家属，对陪护都有戒心。怕陪护想法子挖病人的钱，伙食标准都定得死死的，还担心陪护黑了亲戚朋友看完病人带的礼品啥的，动不动会来个突然袭击。

秦嫂不担心人家防她，她压根没占人便宜的心思，给老头把被子掖齐整，说你们走吧。

儿子媳妇一步三回头走的，不是挂记老头，是心疼每天双倍的陪护费。

真黑心，这辈子注定只会挣死人钱！出医院门，儿子骂了一句。

什么叫挣死人钱，老爷子还没死，她挣的是丢人钱。媳妇阴阳怪气说，老娘就是穷死，也不挣这种死人钱。

反正她也挣不了几个，我们不给用好药，老爷子挨不过一星期，上次医生这么说的。

事与愿违，老头挨了半个月，不单没死的迹象，反而有起死回生的征兆。

如果不是秦嫂家里有事回去七天，老头还有日子活。七天，秦嫂再赶回医院，老头的媳妇正在走廊跟人家侃大山。

秦嫂心里一掉，冲进病房，伸手摸老头身下，尿不湿发出一股褥疮极为严重了才有的气味，秦嫂准备的那么多棉布片子，都被扔进了垃圾篓。

老头有很严重的晚期糖尿病，果不其然，剥开屎尿沾满的尿不湿，屁股下面全烂了。秦嫂走出病房冲那媳妇说，让你爱人来一趟吧。

你在，还要他来干嘛？媳妇捂着鼻子拿手当扇子。

准备料理后事呗！秦嫂说你家老爷子人中歪了，眼珠子落定了，脚板心也凉了，以我在这当特护的经验，打不过明天早上。

媳妇眼前一亮，说他来了又能咋办？

给他最后洗个澡起码应该吧，能咋办？

媳妇就出去打电话，声音很小说，我可不帮忙你给老爷子洗澡的，沾晦气。

小城的说法，人死之前会吐出最后一口胀气，吐谁身上，谁倒霉。

儿子在天黑时来了，迟迟不愿进去，洗不洗都要烧的，他嘟囔着。

秦嫂不落忍，我来吧。

你真的连死人钱都挣？媳妇一脸不屑盯着秦嫂，这可是给死去的男人洗澡，你不怕丢人？

秦嫂皱眉，让老人一身脏走，是把人丢到阎王爷那去了。

老头神志还没完全糊涂，张大嘴巴想要说声感激话，却一口气没接上来。

很仔细替老人洗干净身体，秦嫂从兜里掏出三百元钱，压在老头脑袋下。转身，走出病房门。这是本地给死人洗澡的价格。

这个举动，老头媳妇那么脑子会转弯的人都没想明白，老头儿子这会在外面打电话跟亲戚朋友报丧。

秦嫂在门口，头也不回冲里面说，老爷子的葬礼我就不到了，这钱是我心意，给他化点纸钱上那边用吧，头就麻烦你帮我磕两个。

小城的风俗，给死人买纸的钱，死者家属挪作他用的话，那才叫作丢人丢大发了

完了，秦嫂自上而下掸了三遍衣服，跺跺脚，迅速走人。

老祖宗留下的讲究，这样做可以把晦气掸掉，把霉运跺走。

秦嫂走得快，没看见那个媳妇趁着儿子进病房前，迅速把三百元钱揣进兜时脸上露出的得色。

◀ 太臊人了

陪护跟病人之间，关系本该是鱼和水的那种，偏偏有陪护不这样。

不经意间，就把水给搅浑了。浑水才好摸鱼，才好从病人家属那里挖钱。这些经验之谈传到秦嫂耳朵里，秦嫂心里臊得不行。人家明明付了工钱，干嘛占那点小便宜。

伺候瘫痪病人的张嫂，动不动就把人家的一卷纸给囫囵装包里带走，照顾糖尿病晚期病人的陈妈，凡是来探望人带的水果，一律以含糖量高为由，气愤愤说要扔出去，结果都扔进关系好的陪护嘴里。

偶尔也给护士，却没讨着好，那些护士，实在被这些热情逼得躲不过了，一句话，我们有纪律的，会扣奖金。奖金，真金白银呢，陪护脸色讪讪地。

秦嫂没奖金做推辞，只好拿自己身体做推辞，我命贱，打小胃浅，吃猫儿食，每餐一口饭就饱了，哪还装得下？

她装不下人家给的水果，人家眼里自然装不下她的人。

一来二去的，跟很多陪护有了生分。

好在，秦嫂这人性格好。她干的活，都是别的陪护不愿干的。

以前是病人挑陪护，眼下，成了陪护挑病人，不是什么人都乐意伺候的。

脾气暴躁的，长期卧床的，谁接？那是躁自己人的活路。

脾气暴躁的，拍桌子打椅子力气没了，满嘴唾沫星子还能砸人，卧床不起的你以为就好？切，帮人翻身洗澡，替人一口口喂食，跟过去老妈子有得一拼。

秦嫂就成了陪护中的老妈子。还抬不起价。

秦嫂不在乎，抬得起头做人就行。

偏偏，碰见一个不让她抬头做人的林婆婆，帕金森，手抖，肩膀抬不起来，走路绞麻花，口眼很难归位，但人家儿子在国外风光着，受不得看护士同情的眼神。小县城，不是谁都有能力把孩子培养出国的。

每天打完针，她就要求秦嫂推她到医院办公大楼下面兜一圈，医院院长跟林婆婆儿子同学，她是来享受院长恭维的。

兜圈的结果，更多同情眼神砸过来。院长哪能在楼下天天候着恭维？来来往往，都是不相干的人。

林婆婆就抓了狂，冲秦嫂说，这年月，人情比纸薄！

秦嫂说比纸薄的东西是人心。

林婆婆看一眼秦嫂，很警惕，说谁呢？

秦嫂无语了，一个陪护够资格说谁，她不过是话赶话。

林婆婆不这么认为，帕金森不影响她思维的跳跃，秦嫂肯定是影射自己儿子没孝心。

我儿一天挣多少钱，你一年才挣多少钱？林婆婆神情倨傲。

秦嫂赶紧声明，没说您儿子不是。

想说我儿不是，还要够得着，这辈子你都去不了国外。

秦嫂暗自摇头，痴心父母古来多。

林婆婆老成了精，秦嫂的画外音都被她听出来。

告诉你，不好好伺候，我让儿子扣你工钱。

秦嫂不吭声，推林婆婆回病房，护士检查时间到了。

晚上，秦嫂睡眼惺忪，听见林婆婆跟儿子打越洋电话，儿啊，你到底有多忙，就不能回来瞅一眼，娘没几天活头了。

那边清晰传来一句话，娘你忍着点，我公司破了产，靠政府救济金度日，一来一回，飞机票多少钱，要回来你能好得体，我一准回来。

林婆婆知道儿子回来她的帕金森也好不得体，挂电话时手一抖，啪，手机掉在地上。

秦嫂不敢想象，林婆婆那双颤抖不已的手，怎么把号码拨出去的，内心肯定对秦嫂一百二十个怨气才产生了那么大的毅力。

再装睡，就刻意了。秦嫂一惊一乍从躺椅上弹起来，咋了？

林婆婆脸臊得绯红，我，睡不着，想看时间，没抓住手机。

秦嫂很认真看时间，转钟了呢。

秦嫂是在早上查房时，碰见院长检查工作的。

秦嫂把院长拉到一旁，说我那工钱，要不就算了，老人看着蛮可怜的。秦嫂给林婆婆做陪护，是主治医师推荐给院长的，她的工钱由院长转发。

院长一怔，林婆婆蛮可怜？她儿子一天挣多少钱，你一年才挣多少钱？

我知道啊，可他不是刚破产了吗？秦嫂把昨晚听到的话复述给院长听。

院长忽然哈哈大笑起来，臊人呢，这谎他怎么撒得出口。

说完院长从手机微信上调出一段视频，昨天他公司上市呢，看见没，放心，你的工钱一分都不会少的。

院长以为秦嫂担心自己陪护的工钱没着落。

太臊人了！秦嫂嘴里悄悄吐出这么三个字。

◀ 别黏太近

做陪护吧，你得学会黏人！秦嫂说。

小鱼说黏人谁不会啊，心里不以为然着。

黏人不是技术活，是要用心来做的活。

做陪护，还上升到情感艺术的高度了？小鱼不是学陪护的，她是来做陪护的，秦嫂竟把她当学徒带，走出医院大门，谁认识谁啊。

却不是小鱼想象的那样，走出医院大门，认识秦嫂的人多了去，多少家属通过人找人，才能请到秦嫂，在医院陪护中，秦嫂口碑最好。

价格，却不是最高。

在医院外面的餐馆吃的，小鱼请客，意思晚上自己睡着了，秦嫂可以替自己一下，两人在同一个病房。做陪护，吃住都在医院范围内，小鱼这么做不合规矩。

秦嫂说我第一次带徒弟，还是大学生，反正不合规矩了，就再不合规矩一次。

秦嫂陪护的病人低垂着眉眼，斜躺在床上，拿手往外指，意思你们去。

饭菜简单，不简单的是秦嫂嘴巴没住过，食不言寝不语，小鱼把筷子停在牙齿那，也太好为人师了。

充其量秦嫂只是客串一把老师，跟小鱼陪护的那个人一样，她客串的，是小鱼娘的身份。

竟真以娘身份自居，从没让小鱼吃过一顿耳根子清净的饭。上大学，满以为能躲过她的唠叨，孰料，她居然把工打到小鱼念书的学校，在食堂谋了一份活路，只要小鱼身影出现在食堂，以娘为名的牢骚就直接飞到小鱼耳边。

终于可以不听她的唠叨了，小鱼把筷子从牙齿那抽出来，伸向最近的那盘菜，却没半点食欲。

她是有食欲的人，可以用旺盛来形容。

秦嫂也是有食欲的人，吃完饭秦嫂看时间，说恰好。

让小鱼见识到了秦嫂的恰好。

回到病房，那个病人正涨红了脸，一双眼不停地往门口扫描。

这是要上厕所了！秦嫂很得意，她可黏人了，没我端便盆，屙不出来的。

这样的黏人法？小鱼肠胃里一阵翻涌。

秦嫂拉上病床间的围帘，随着吭哧吭哧声，一股难闻的气味弥漫在病房间。

小鱼下意识地捂住口鼻。

被子动了一下，她又突发痉挛了。

从躺倒在地，到移送到手术台，再转到病房，她的痉挛就没有停止突发过，有一点小鱼可以断定，她不是要大便，整整一周，她靠药物保持着生命迹象，医生说了，她这种突发的痉挛，是无意识的，如同鱼在被杀死后，还会蹦跶，属于神经系统的反应，跟大脑意识恢复没多大关系。

脑死亡，和心脏死亡，两码事。源于这个，小鱼就没有回头。秦嫂声音从围帘里面跑出来，小鱼你妈妈好像动了呢。

小鱼说怎么可能？

怎么不可能，母子连心，你坐得离她那么近！秦嫂说。

还真是，第一次跟她坐得那么近。为躲避邻床令人作呕的气味，小鱼把头埋在了她的被子上。

一次学校运动会，小鱼参加两千米长跑，冲刺时，体力不支晕倒在地，醒来时，正躺在她怀里，小鱼听见她不无得意地跟爹说，瞧她躺我怀里样子，多黏人。

黏人，想得美，你又不是我亲妈！小鱼气呼呼坐直身子。

那一刻，小鱼好记得她揉了一下眼睛。熬夜，熬红了眼，她跟爹这么解释。

她一定打心眼里渴望自己粘她一回，真正感受一下做娘的滋味。小鱼冷笑，我这会就算成全你，你也感受不到。何不在秦嫂面前做个假象，小鱼不想让人知道自己是后娘带大的。

心随念转，小鱼就很亲切帮她掖被子，用棉签蘸水濡湿她嘴唇，还俯身轻轻把她额前头发理顺，然后呢，小鱼没想到然后会怎么样，她太累了，做假原来才是门技术活。

不假的是，她的眼皮子突然弹了一下，小鱼吓一跳，往后躲，却没躲过她的目光，半痴呆半惊讶，小鱼眼睁睁看着她嘴巴嚅动着，脸涨红着，身子的痉挛变成小幅度扭动。

爹，爹，小鱼声音里带着惊惶。爹睡在病房外面的走廊里。

爹是听得懂娘这种类似于天书的话语的。

你娘要你别黏她太近，她尿床了，味道不好闻，年轻姑娘家，要清清爽爽地出门！小鱼第二天还要上课的。

爹把话说完，小鱼使劲揉一下眼睛。

秦嫂在一边问，怎么了，这是？

熬夜，熬红了眼！小鱼这么跟秦嫂解释。

爹看小鱼一眼，转回头看她，她的眉眼正和小鱼目光粘在一条线上。

◀ 望人来

　　走出住院部大门，秦嫂拿一双眼睛四处望。

　　没人知道她望什么，明明是到开水房打水的，稀里糊涂就走出了医院大门。阳光劈头盖脸砸到脸上，秦嫂才意识到，自己走神得离谱，开水房在六楼。苦笑一下，秦嫂忍不住朝六楼望。六楼有她陪护的一个重症患者，三十出头的女子，半身不遂。

　　女子好端端地走在大街上，被一辆失控的摩托车给撞飞，头骨凹了下去几分。该死的几分，把女人小脑撞出毛病了。

　　小脑主管人体平衡。

　　醒来时，女子发现自己不会说话，不能随心所欲手舞足蹈了。

　　女子唯一能够表达意识的，是眼睛。秦嫂做这个陪护，是不得已而为之。

　　女子两边父母，都疾病缠身，唯一健康的，是女子的老公。

　　把女子托付给秦嫂后，女子老公就没再现身。按常理，女子老公该来看一看了，尽管秦嫂以尽职尽责出名。

女子天没亮一双眼睛就不停地瞅窗户，窗户那边刚有了光，她就示意秦嫂把自己脑袋搬到能看见病房门的方向。

女子才是在望人来的。

一念及此，秦嫂摸出手机，摁通那个男人的电话号码。

手机响了三声不到，挂断了！

秦嫂心里不快，那么忙？再拨过去，这次更忙，嘀一声挂断了！

没良心的！秦嫂嘀咕着，转身走向电梯，错过时间段，就没开水了，这个马虎不得，患者的身子动不动出虚汗，随时需要擦洗。

打了开水，给女人擦洗干净身子，秦嫂站在窗口，想起刚才自己朝六楼仰望的场景，突发奇想，要是眼光能拐弯就好了，女人可以直接望到窗户下面，那样，就不消秦嫂把女人脑袋搬来搬去了。

不是秦嫂怕这个麻烦，是每次搬动女人脑袋时，秦嫂都能听见女人颈脖发出的轻微一响，普通人再轻易不过的一个举动，对女人来说，得忍受多大的剧痛？

这么想着，秦嫂真就孩子气试着把眼光往楼下拐弯。

居然，看见女子老公了。

揉揉眼睛，秦嫂把脑袋往窗户外面探，医院的窗户，都只能开半扇，为防止对生命绝望的病人走极端，还都上了焊条，秦嫂脑袋只能探出三分之一不到。

一个疑似女子老公的背影，急匆匆走出秦嫂的视线。

幻觉，肯定是，秦嫂使劲掸了掸衣服，做陪护久了，各种迷信的事经历过不少，真是女人老公的话，那是人灵魂出窍了，不吉利的，掸一掸衣服，可令双方都消除厄运。

秦嫂是心善，不等于没有脾气。

到底捞着了冲女子老公发脾气的机会，不是电话里。

又一次站在住院部楼下，秦嫂这次确凿不是走神，手里没拎开水瓶可以做证。

女子刚吃了药睡下，这是一个难得的间隙，能够吃药，无疑是一个积极的信号，之前女子拒绝吃药，靠挂点滴支撑。

女子无端地觉得，这么半死不活的挨日子，是对自己最无情的嘲讽，一个歌舞演员，嘴巴不能发声，手脚不能灵蛇般舞动，掌声鲜花不再，人生应该就此谢幕了。

谢幕前，女人唯一希望的，是老公愿意为自己涂上胭脂活在戏中一回。

所谓涂上胭脂，不外乎是老公守在自己病榻前，假模假样守上几天，哪怕自己毫无知觉，但医生护士有眼看着。世上多少事，不是做给活人看的呢？

事与愿违了……

女人眼睛不再盯着窗户，也不再示意秦嫂搬着自己脑袋望着病房门口。

让秦嫂心思走神的，是女人老公那双眼睛。

在上次的位置，女人老公的眼光一层层往上爬，爬到六楼那个窗口，停住了。

我每天都在这里站十分钟的，男人说。

上个楼去看她一眼会死你的人还是能瘸你的腿？

怕她看见我无助的眼神！

那你就不怕她眼神里无助？

我就问您一句话，她开始吃药了不？

不吃药，我敢出来抓你上去？

您还真不能抓我上去！男人苦笑，等她有力气骂我打我，我负荆请罪，行不？

等她有力气骂你打你？你这唱的是哪出戏？

我爱人，心气高，心眼窄！男人说，我天天守着，她反而会萌生死志，以免拖累我和孩子。

秦嫂一怔，你避而不见，是激发她求生的欲望？

她说过，下辈子，愿意做我嘴里的一颗牙，至少她难受时，我也会疼。男人说到这儿，眼泪哗哗落下来，就让她咬牙切齿天天眼巴巴地望人来吧。

◀ 够磨人的

真正高明的陪护，得晓得磨病人，秦嫂深谙其道。

磨病人？搞反了吧，病人磨陪护才是，有点兵行险着呢。

死马当活马医的人了，干嘛还要将就患者，最明智的选择，是将就活人。活人难呢，在医院待久了，秦嫂感慨最多的就是这句话。

秦嫂给自己说，哪天懒得磨人了，就辞掉陪护的工作。

医生也好，护士也好，患者也好，没人把陪护当工作，很多做陪护的，也不把陪护上升到工作层面，伺候人而已

秦嫂不这么看，伺候人怎么了，学问深着，不信谁上手试试？

谁平白无故上手试这个。但凡需要请陪护的，多半是患者卧床不起了，严重点用气若游丝都不为过，这种病人，自己的子女都嫌腌臜，何况不相干的人。

能够说出这么豪气的话，不是秦嫂伺候人真的有多大学问，是她从不把自己当不相干的人。

在清官都难断家务事的国人中，秦嫂做了出彩中国人，可惜她出彩的舞台只在医院这一方天地，范围小得可怜。秦嫂的出彩，在世俗人眼里，叫出格。

让秦嫂陪护声名大噪的，是一脑出血的女患者，昏迷医院十多天，没有醒转的迹象，护士长无意中听见秦嫂和患者家属一段对话，她有公费医疗？

男人脚尖在地上画圆圈，我能想出办法让公家出钱。

公家钱就那么好花？

男人一脸茫然，不管公家钱还是私人钱，不会少你那一份。

不是钱的事，秦嫂摇头，你觉得这么耗下去有意义吗。

男人语气很冲，只要她有一口气，就得耗着，为单位为家庭呕心沥血几十年，不应该？

秦嫂知道男人心思，你想自己耗个好名声，还是她耗个好生命？

男人说此话怎么讲？

想自己耗个好名声，你就亲自陪护，她能为单位为家庭呕心沥血几十年，你就不能为她呕心沥血这么几十天？

耗个好生命呢？

秦嫂脸色一端，这一个月她要不能苏醒，基本就是植物人了，帮助她没有痛苦的死去，比千方百计让她痛苦活着，更有意义。当然，她可能会没有痛苦地熬上两年，熬到油尽灯枯，成为一具干尸，再死。

男人哇呀一声，有你说话这么磨人的吗？

我这是为她好！秦嫂说你仔细想一想，会替她想通的。

男人想通了没有，不知道，想不通的是护士长，这么轻省的钱不挣，秦嫂糊涂了？植物人的陪护最简单，尽心不尽心，她都不晓得发出半点抗议。

秦嫂抗议了，对着护士长，一个人，如果失去吞咽的能力，就失去了吃的快乐，你愿看见一个女人身上被插上鼻胃管，呼吸管，尿管等各种维持生命的管子，那是身为女子尊严消失殆尽的象征。

没人知道，患者是秦嫂的女儿。

不单女患者的尊严秦嫂会维护，男患者的尊严在秦嫂那，一样会维系，在秦嫂六十岁那年做了见证。

是个糖尿病病人，都打上胰岛素了，每天还烟酒不断熬夜打麻将整出并发症，秦嫂是赶鸭子上架来陪护的，春节期间医院陪护紧缺。

陪护大老爷们，秦嫂说这不合适吧？

男人说我眼睛都看不真切了，有什么不合适？

话听着是那么个理，秦嫂不好拒绝，破个例吧。

夜里，男人冲秦嫂招手，说麻烦大嫂帮我回家拿个东西？

打个电话让你媳妇送来不就得了。

她送我东西，她巴不得送我命！男人愤愤然，我给你跑路费。

秦嫂不贪图跑路费，去了，男人媳妇正在家抹泪，看见秦嫂，一点也不奇怪。

说知道他不放心我！

不放心你可以在医院陪护他啊！

在他身边吧，嫌，不在他身边吧，恋！

秦嫂心中有数了，空着手回去，叫不开门呢，家里没人。

狗日的，老子还没死呢，就明目张胆出去打野了，叫人还活不？

秦嫂说，你本来就不想活人的，怨谁。

谁说我不想活人了？男人暴跳起来。

想活人，就先把自己身体当数！秦嫂冷着脸，好在你这不是最糟糕的。

最糟糕的什么样？

气切，电击，叶克膜啊，秦嫂面无表情，下一次你还进医院就该享受这些了。

男人吓得声音打颤，有说话这么磨人的陪护吗。

就你是人，怕磨，你媳妇不是人？

男人脑袋扎下来，在裤裆那。

知耻而后勇呢，这是！秦嫂轻轻拍了一下男人肩膀，说够磨人的你，要吃药了都不晓得抬头！

◀ 喂药要缓

秦嫂把汤匙吹了吹，说药得这么喂，喂水呢，才能你那么喂！

陈海木不服气，都是往喉咙里灌的东西，哪那么多穷讲究。

秦嫂看出他心里的不服，把药碗晃悠一下，免得有沉渣，眉眼上纹丝不动，别小看对病人的陪护，讲究多着呢。

整个医院陪护中，秦嫂的讲究要几富裕有几富裕。故意闹腾人不是？

陈海木脸上有了颜色，我自己的娘，当我不晓得怎么伺候？

话是这么说，娘躺在床上，压根没吃他喂的一口药，那张脸，义无反顾朝着墙壁，要不是秦嫂过来。

娘向来对他是无条件顺从的啊。才一晚上，就变了个人。肯定是秦嫂背后闹腾了的，都说医院陪护鬼气大，还真是。

陈海木碰了软钉子，但他不怕，血浓于水，你秦嫂怎么都是外人。

秦嫂倒是很不见外，说这么喂，你娘准保把药喝得一滴不剩。

你呢？陈海木一句话差点脱口而出，我出钱雇你，你倒安排上我了。

我隔壁病房还有点事没交代完！秦嫂理直气壮出了病房。

陈海木找不到合适理由反驳，秦嫂在隔壁病房照顾的那个半岁孩子，今天才出院，是他昨晚强求秦嫂照顾娘的。

秦嫂这是跟他玩仁至义尽呢。陈海木很想看看秦嫂如何的仁至义尽，没准是去收人家不方便带走的营养品吧。

很多亲朋好友带来的营养品，完全派不上用场，病人饮食上得遵医嘱。

娘偏偏这会张大了嘴巴，等着他给喂药。

喂水要急，喂药要缓！秦嫂的话在耳边。

娘的病，需补水，急一点没问题，喂药，则得缓一点，让药物充分在体内挥发。娘把个药喝得像燕窝汤，居然品咂得出了声。

陈海木很是不解，良药苦口，闻一闻药味，他胃里都泛酸水。

娘总算把药吃完了，连漱口水都吞进喉咙了，当那是刷锅汤啊。

爹过世早，娘一人拉扯陈海木长大，穷，刷锅汤从没浪费过。

把习惯延续到吃药上，陈海木有点愠怒，娘真是天生的穷命。请陪护，就为让娘享受一把富贵人生。

陪护秦嫂交代咋样了？看着因为药力发作睡眼蒙眬的娘，陈海木悄悄起身，到隔壁病房去见识秦嫂的仁至义尽。

场景如出一辙，秦嫂把汤匙吹了吹，说喂药得这么喂，喂水呢，才能那么喂！

借一步说话

哪么喂？年轻爸爸用眼神询问秦嫂。

喂药要急，喂水要缓！

说反了吧，陈海木的话很突兀响起，记得你跟我说是喂水要急，喂药要缓的！

秦嫂声音慢条斯理的，孩子小，喂水缓慢可以让他干裂的喉咙得到滋润，哪个孩子病了不是哭得撕心裂肺口干舌燥的，喂药不一样，药苦，喂缓了，他咂摸出滋味会给吐出来。

喂急好，等他咂摸出苦味，药已经下了喉咙。年轻爸爸附和。

就是这个理！秦嫂说孩子名下，得耐烦，再闹人的孩子，都有顺毛摸的时候。

年轻爸爸笑，他怎么闹人，都是我命根子，能不耐烦？

晓得就好，那我就交代到这了，有事再问我。

年轻爸爸有没事问秦嫂，陈海木管不着，眼下他有事问秦嫂，我娘这把年纪，什么苦没吃过，干嘛给她喂药要缓，娘嘴里得多苦。

傻孩子，你娘是苦在嘴里，甜在心中。

啥意思？

啥意思你自个想想，要不是你娘病了，你一个月有几天在她眼跟前晃？

陈海木在脑子狠狠过滤了下，一个月他最多才在娘跟前晃悠一次，给娘送生活费的时候。

你娘不缺吃穿，她有一碗刷锅水都能活命的！秦嫂冲病房那个年轻爸爸努努嘴，你也看见了，父母对儿女的爱，总认为是顺水顺流，顺理成章；儿女对父母的孝，却认为是倒流回流，感天动地。你觉得一个月一次就仁至义尽了？那是你娘呢。

果不其然，明明已经睡着的娘和护士的对话，从病房里传了出来，大妈，您真有福气，儿子给您请了陪护，还亲自给您喂药。

我儿子啊，喂药可讲究了，一口一口吹了喂的。

一口一口，吹了喂的！陈海木眼里一涩，娘当年一口一口吹了稀饭往自己嘴里喂的情形，清晰再版在眼前。

他的脑海，一直缺这个片源的。

再现的情景中，儿时的陈海木是那么闹人，娘端着稀饭老母鸡一般扎煞着翅膀，一步一步追赶着呵护着步履蹒跚的陈海木，每喂上一口稀饭，娘的嘴角都能绽放出一片灿烂的笑容。

◀ 应该不愁

老太太的声音都窝在喉咙里发不出声了，家属还不见露面。

够愁人的!

做这么多年陪护，秦嫂在心里埋怨家属的时候少。

少，并不等于没有。这一次，秦嫂破了例，埋怨完家属后一个劲催医生加药，能提一口气是一口气，能多拖一分钟是一分钟，看老人那架势，有后事要交代，该来的人却不见踪迹。

护士上药的同时，秦嫂再次拨打家属的电话。

对不起，您所拨打的电话正在通话中，电话里一个声音很好的女人不带半分情感地告诉秦嫂。

秦嫂只好冲老人摇头，以这种无声的形式跟老人沟通，为的是节省老人体力。

老人眼窝深陷下去，不遇见强光刺激，是散发不出半点光泽的。

秦嫂的摇头，老人未必看得见，但老人明显感受到了，这从老人喉咙不再急促滑动可以证明。

程文东压根没打算接秦嫂电话，他算准了，只要他不在跟前，老太太一口气就会一直悠着他。

这种事不鲜见，要不然哪来死不瞑目一说。他可是老太太的断肠儿，用老太太的话来说，死前最后一口气都是为他留的，绝不会不告而别。

这么想时，程文东甚至看见老太太正在慢慢将身体内部四处残余的力量往心脏那儿汇聚，攒着劲抱成一团，跟死神做最后的抗衡。

抱着这种侥幸，程文东频频打开手机看时间，还有半小时就是午夜，零点钟声一响，意味着万事大吉。

不知道是不是药效起了作用，还是程文东的祷告有了效果，老太太眼皮难得挑开一丝缝隙，秦嫂赶紧俯身过去，老太太眼光努力往秦嫂手腕上扒拉，秦嫂怔了下，马上明白，老太太是要看时间呢。

又不是新年，关注这个有什么用。

心里虽然这么质疑着，秦嫂还是附耳过去，说新的一天快来了。

老太太眼光突然发亮，有罕见的光芒闪烁，还抖抖索索伸出两个手指头。

这是要交代后事呢！

事不宜迟，秦嫂赶紧把耳朵贴上去，孰料，老太太嘴巴却固执地闭上了。

连口呼出的热乎气都不愿给秦嫂听见。

只有那两根手指头，旗帜般竖立在被子外面，秦嫂尝试着想把手指掖进去，居然遭到老太太的反抗，尽管那反抗几近于无，但秦嫂还是感受到了老太太的坚决。

怎么回事？真的应了那句老话，人死三天晓？

秦嫂不再把老太太手指头往被子里面掖，她相信这句老话，陪护过的那么多病人中，老太太是唯一不作翘的。

伸出两个手指头在被子外面，跟作翘挨不上边的。

作翘的，是老太太的儿子。秦嫂这么在心里，给下了定论。

掐着时间一样，零点还剩下最后三分钟，程文东气喘吁吁跑来了。

玩什么鬼，老太太多活这一天跟少活这一天，有什么区别，难不成还指望她朝闻道夕死可矣？

还真是有区别，区别很大。

程文东后面，是老太太的孙女。

两人眼睛同时看见老太太被子外面的两根手指。

程文东叹口气，看着女儿，语气中不无责备，说瞧你把奶奶给愁的！

秦嫂奇怪，这程文东，蛮会给自己开脱呢，上辈不管下辈人，跟小姑娘什么关系。

关系自然有，在那两根手指头上。

孙女轻轻把老太太另一只手拽出来，一根一根掰自己手指，掰了整整八根，然后伸直，跟老太太的两根手指并拢在一起。

春葱般白嫩的八根手指把树枝般干枯的两根手指，裹在了中心。

玩得什么名堂？秦嫂看着老太太，再看着小孙女，十根手指，两根苍老的，八根葳蕤的，紧紧攥着。

乍一看，如同枯枝发出了新芽。

程文东忽然没头没脑说，我娘今天生日呢，整整八十！

耄耋皆得以寿终，恩泽广及草木昆虫。

难不成，程文东图的是老太太在今天得以寿终？

看秦嫂眼光落在小姑娘那八根手指上，男人没头没脑再补上一句，我闺女，二十了，也就今天。

看秦嫂眼光跳上老太太两根干枯的手指，男人冷不丁埋怨起秦嫂来，愁人不，闺女大老远从学校赶回来，想给她老人家拜个寿，都没地方，你当陪护的，就不能帮忙想个法子？

愁人的事秦嫂在医院见得多，似这般愁人的，于秦嫂是第一次。

在程文东的埋怨声中，秦嫂疾步走出病房，她租住的城中村经常停电，找一把备用的蜡烛，应该不愁。

◀ 没把你外人

我们是没把你当外人呢，秦嫂。

时隔三天，秦嫂才真正明白了什么叫没把自己当外人。

这样对陪护放心的病人家属，反倒让秦嫂不放心。

不是担心钱，走时男人塞给秦嫂一张卡，说该花的钱秦嫂只管当家，请了秦嫂，就不会拿她当外人。

做陪护，最怕的就是病人家属把自己当贼防。

人心要是不设防，多好！这是秦嫂的口头禅，可惜，秦嫂一片真心为病人，总有家属觉得她的真心里掺了假意。为几个钱，犯得着这么作践自己？有陪护背后嘀咕。

她们看不惯秦嫂把病人当亲人。

人心隔肚皮，不是一个肠子爬出来的，总生分着。

冷脸贴不上热屁股的，反过来，热脸也贴不上冷屁股。

病人的脸是冷的，屁股上也是冷的，身上唯一热乎的地方，是心口那巴掌见方的地方。意外摔倒，后脑撞在硬物上，重伤，植物人的可能性很大。

主治医师这么下了结论后，男人撂下钱，说请最贵的陪护，石头都能焐热，不信血肉之躯回不了暖。

这话，很是让人动容，秦嫂被感动了。

因为感动，秦嫂才不放心自己，生怕哪一点做得不入家属的眼，不如家属的意，三天不露面不要紧，秦嫂每隔三五小时，会跟男人汇报一下病人的情况。

眼珠有没有转，手指有没有动，呼吸有没有急促，都在秦嫂的口中源源不断传述到男人耳朵中，她得让男人有一切都在掌控中的感觉。

男人是第四天露的面，还是老样子？

嗯，眼珠不转，手指不动，呼吸不疾不徐，秦嫂如实转告。

没救了是吧？男人的手指伸进被窝下，没温度了都。

有，在心口那！不信你摸摸。

男人摸一把自己红肿的眼睛，转身，要出病房。

病人的手指突然间弹了一下，伴随着一声几不可闻的叹息。

动了，动了！秦嫂的声音追到病房门口。

男人身躯抖动了一下，那表情，明显受到震动。

欢喜的，肯定是！秦嫂是过来人，从男人砸钱那个动作，看得出这是一对热恋中的小两口。

我筹钱去！男人丢下这句话，匆匆离去。

能动，意味着后期得有很大一笔花费要在治疗中跟进。

男人开始隔三岔五露面了，秦嫂这一陪护，就是半年，最贵的陪护成了最便宜的陪护，不是秦嫂多高尚，是病床上的女人，离不开秦嫂了。

她的眼珠已经能够缓慢移动，她的手指已经能够轻微弹动，她的呼吸，只在男人出现时，才会急促。

这个急促在秦嫂看来，是不可抑制的激动，男人举债二十万了，为救治女人，这样不离不弃的痴心男儿，世上少有。

奇迹呢，主治医师感叹。

是啊，奇迹！秦嫂感叹。

两人的感叹其实不在一个频率上，医生感叹是有植物人能够在自己手中苏醒，秦嫂感叹是现在这个社会还能有情比金坚的爱情。

女人心口的温暖开始向全身扩散，小腹，四肢，头顶百会穴，脚底涌泉穴，其间男人的紧张可见一斑，但凡他在医院，总是握紧了女人的手，不停的摩挲着，眼神有明显的紧张。

只有在意，才会紧张！每每这个时候，秦嫂就会很识趣地退出病房，半年了，男人攒了多少情话要跟女人说啊。

确实如此，多少次秦嫂撞见男人把嘴巴附在女人耳边。说了什么，秦嫂不得而知，有一点秦嫂可以肯定，肯定是缠绵悱恻的情话，不然女人的脸会涨得那么通红，眼珠子会有熊熊火焰在燃烧？

是的，燃烧！

温度都殃及秦嫂了，男人走后，秦嫂的手就那么被女人一直抓着，喉咙里还啊啊个不停，她一定是迫不及待想要用语言完整来表达自己对男人的感激。

快了，就在明天，女人一准能连贯地说话！主治医师很欣慰，对秦嫂说，得跟电视台爆料，让他们来拍摄最震撼的场景。

不离不弃的男人，不计报酬的陪护，当然，还有不抛弃不放弃救治的医护人员，成功让植物人开了金口。

诚如医生所言，女人一开口，就震撼了所有人，我要报警！

报警？秦嫂吓一跳，女人脑子肯定受刺激还没完全恢复，说胡话呢。

谁说胡话，你一个外人知道啥？女人对着镜头歇斯底里指着男人大叫，他家暴，这么大的棒球棍，打我！

情绪失控的女人指了指后脑勺，眼前一黑，再度昏迷过去。

◀ 耍了回奸

这些陪护，要几奸有几奸！秦嫂还没从床铺上转过身，一句话钻进了耳朵。

秦嫂脸上像是被烙铁烫了，说做陪护的滑，她还受头，确实有陪护拿了钱做事耍滑头。

给危重病人做种陪护，不单需要有一点护理知识，还需要相当的做人胆识，那相当于跟垂死之人在一起，没准，你一会看他还有口气悠着，眨眼工夫，那口气就断了。

跟挣死人钱没两样。耍滑头就在情理之中了，反正病人啥都不知道。

家属都躲得远远的了，你做得再好，也没人认账。

套用鲁迅先生在《社戏》里双喜的原话说，晚上看客少，铁头老生也懈了，谁肯显本领给白地看呢？

做陪护都有一个小九九，伺候危重病人那些手段，是要做在人眼面前的。

秦嫂例外，从不玩明一套暗一套，所以这话她就不爱听了，说陪护奸，您大可以不请，我这会走人，还来得及。多少人排队请秦嫂呢，如果陪护有人评星级标准的话，秦嫂怎么着都是五星级。

封顶了！秦嫂这话，在陪护生涯中，也是封顶了。

这个病人入院前，该遭受了多大的罪啊！秦嫂这话，是带着情绪说的，都是爹生娘养的，居然就看得下去。

当然看得下去。事后，秦嫂才晓得，病人是孤老，所谓的家属，是病人的远房侄女。

能够让远房侄女跟病人亲近起来，不是亲情，是钱，病人位于旧城改造区的拆迁款。签遗嘱时，病人唯一要求是，去世前，住一次医院，感受一把有人端茶递水喂药的滋味。

这个要求，被侄女打了折扣，端茶递水喂药的人，变成秦嫂。

病人知觉都没有了，茶水汤药，都是无意识中吞咽进去的。

秦嫂说这句话，是有意识的，天底下的好事，不能让这种人白捡了，得败一败她的兴致。搅黄人家的好事，秦嫂还没那个能力，即便有，秦嫂也做不出。

病人的远房侄女被秦嫂怼得，短了言辞，那个侄女婿赶紧接嘴，不是说您奸，我们是千挑万选打听了，您做事最扎实。

秦嫂要的就是这句话，不是我甩嘴，给病人做陪护，我也千挑万选的，那种嘴巴上说孝敬，行动中不顺应病人的，我才懒得打交道。

我们可是言行一致的，要不然，都这样了还送医院？

秦嫂心里冷笑，恰好这样了送医院才会落下好名声，离死亡都只一步之遥了，送了还有什么意义，迟的只是日子而已，病人全身瘫痪，褥疮生得屁股和后背都没一处好皮。

秦嫂就说我有言在先啊，伺候这种病人，身上最易沾上死人味道了，你得给我买一套像样的睡衣。

这个秦嫂不是胡说，在小城，但凡最后跟死人打过交道的人，丧家都得给人备上毛巾，香皂，手套，还有一件护衣。

秦嫂在医院，要睡衣不为过，夜晚她得陪床。

睡衣买了，远房侄女嘟囔着，我自己都没舍得穿这么贵的。

牌子是秦嫂指定的。

可能是花了钱心疼，远房侄女两口子都喊心里难受，得回家去。

秦嫂不留他们，留在病房反而碍眼。病人呼吸一口比一口浅，鼻息一下比一下轻，秦嫂不敢合眼，这种状况，病人随时可能走路。

得给病人洗个澡。那个远房侄女，明显指望不上，她连跟秦嫂说话，都在病房门口站着，生怕沾惹一身晦气。

肯花钱请秦嫂，明显属不得已而为之。

病人到底没熬过转钟，洗着洗着，秦嫂发现病人身上慢慢变得温凉，骨头关节变得生硬，她没敢停手，这时是不能停手的，老辈子说法，停了，亡者就不能顺顺利利过奈何桥。

阴间的事，秦嫂没奈何，阳世的事，秦嫂还是有办法的。

收拾停当，秦嫂给家属打电话。远房侄女很快带着人过来了，按规矩，哪怕在病房，会先象征性烧一张落气纸的，偏偏，远房侄女第一件事是跟秦嫂结账。

钱账两清！秦嫂准备走人，刚到门口，远房侄女的声音追进耳朵，那睡衣，你应该还没上身吧？

秦嫂忙活到这会，连澡都没洗，明知故问了，这是。

没上身！

那？远房侄女手伸出来，意思要收回。

不好意思，我给你们要了回奸！

要了回奸？

对啊，我担心你们不给老人买装老衣，给老人穿身上了！秦嫂说完，脚步轻轻滑出病房。

果然是奸人！远房侄女一脸讪讪的表情。

◀ 少了一个脏人

这样的病床，别把人睡脏了？

秦嫂随着胖女人眼光所到之处看床单，没什么可疑的痕迹啊，不夸张地说，现在医院的床上用品，跟很多私人旅馆要干净整洁多了，唯一不能比的，是床上用品看着不那么新而已。

说话间，病房里从走廊外转进来新病人。骨外科的床位紧张，走廊外动辄会加临时床位，等有人出院再转进病房。

说新病人，却是旧相识，女的被拖拉机撞了做的手术，打了三根钢钉在小腿上。前年的事。

怎么今年才取钢钉？秦嫂帮着男人把女人搀到隔壁床上。

男人嘴碎，问她啊，这不舍得吃，那不舍得吃，骨头长得慢，没愈合好，拖到今年才做。

取钢钉，拖得越久，病人受的痛越凶狠。

都是穷家小户出来的，秦嫂知道女人哪是不舍得吃不舍得喝，是舍不得花钱，秦嫂心里就软了一下，对男人说，你先坐下歇会儿。

说话间胖女人走出病房，秦嫂脚跟脚赶出去，她陪护的病人，应该检查好了。

果然，在医生护士前呼后拥下，一个壮实的男人拄着单拐一步一跳过来。

13号病房，胖女人说。

壮实男人朝里面探了一下头，五张病床，两个女人，两个老头，都是农村来的。男人眼光转到医生脸上，陈主任，给我在走廊当头加张床吧，挑干净点的床单。

我们这儿的床单，都干净着呢！

胖女人及时插了话，挑全新的！

秦嫂好笑，当住宾馆呢，五星级服务？

虽说医院写着一切为了病人，但不至于为病人特别去置办新床单吧。

晚上在里面，不要睡死了，要记得自己的职责！胖女人一副皇恩浩荡样子，换个病人家属，谁管给陪护安排陪床啊。

安排陪床，说得好听，秦嫂在心里好笑，明明是嫌病房里面的病人不讲究。

不是什么人都讲究得起来的。

那对夫妻来之前是把地里的秧全部插上，趁着小农闲来取钢钉的，两口子上一次打钢钉，前后住了不到十天就回家调养。一来心疼钱，二来心疼地里的庄稼。

伤筋动骨一百天，晓得不？胖女人叮嘱，你给我好好躺着，没事不要像屁股上长了毛。

壮实男人屁股上毛还没长出来，秦嫂心里已经长满了草。

盛气凌人的女人，她不是没见过，但人家全藏在眉眼里，不显山不露水，都是病人，谁的病也不比谁的高级。

胖女人硬是显出自己高级来，最低住满一个月，听见没？

住满一个月？崴个脚的事。

搁那对夫妻身上，崴个脚，下地干活一样都不落下。

还真一样不落下，秦嫂再次走进病房，打算把东西归置一下时，发现那个男人已经蜷缩在自己床头睡着了，大白天呢。

男人个小，一米六不到，就这，还两条腿尽量伸在床外，他一准怕自己裤腿上的泥点弄脏了床单。

女人看着秦嫂，一脸的抱歉，为了今早送我进手术室，他昨晚在地里灌了一夜水，田里的秧苗刚返青。

有收无收在于水，收多收少在于肥，种地秦嫂不外行。

起来，谁让你睡这儿的，弄这么脏，叫人怎么坐啊！胖女人的嗓子炸响了。

小个子男人吓一跳，虾米般腰一弓，弹起身子。

胖女人拿手使劲在鼻子跟前扇风，什么味道，难闻死了！

难闻死了倒不至于，难堪死了倒是实情，秦嫂看见躺床上的那个女人眼角有泪花漫出来。

壮实男人眼角是在半夜漫出泪花的，睡惯了大床的他忘了是在医院这种仅供一人容身的床上，翻身起夜时，一脚踏空，幸好秦嫂伸手架住，可他的脚，还是咔嚓一响。

胖女人那会正好在躺椅上眯着，听见这声脆响，再看男人紧咬紧牙关，有豆大汗珠滚出来，知道疼得不轻。

赶紧叫医生。

医生脸色凝重，得拍片，多数是踝关节破裂。

夜半着呢，谁来背男人，那么壮实的腰身，秦嫂吸口气，胖女人更是手足无措。

正忙人无计呢，一小个子身影蹲在壮实男人面前。

你行吗？医生问。

别看我个小，百十来斤的东西肩扛手提样样能行。

眼看壮实男人就要爬上小个子男人背上，秦嫂突然拦住他，冲胖女人小声说，要不要弄个东西隔一下，他一天没洗澡呢。

胖女人脸色涨红了，你这人，心思咋这么脏呢。

挨了骂，秦嫂心里却乐呵着，有胖女人这句话，世上就少了一个脏人。

◀ 富贵病

做陪护，饭一定得在病房里吃。

什么讲究？秦嫂不解。

增加患者食欲呗！家属的回答令秦嫂不快，当陪护都是穷巴脸的人，八辈子没吃过一样？

还真的没吃过，人家饭菜都是订制了送到病房的。

糖尿病，原来可以吃得这么讲究的，难怪被称为富贵病。

秦嫂心头的不快立马被急剧飙升的好奇给取而代之了。

患者食欲确实不咋地，那么高挑的身材，吃的竟然是猫儿食。

猫儿食是秦嫂老家的话，意思跟猫儿吃食一样，一小口一小口，斯文得不行，几小口就住嘴不吃了，没办法，猫儿的胃浅。

秦嫂的胃深，陪护是气力活，看着活路不重，但伺候人的事，屁股不能落板凳，人家花钱，可不是让你坐那闲吃萝卜淡操心就把钱挣了的，你得有个忙碌的样子，哪怕帮不上腔，也不能闭着嘴巴不是。

早上是萝卜粳米粥，患者睡了一夜，口渴口干，加上尿频，必须吃这个，对症，这点是经过科室主任认同的，食补胜过药补。

患者却不认同，象征性喝了几口，其余的，全部分给秦嫂，秦嫂是出过苦力的人，早餐一顿要吃十分饱的，正愁稀饭不扛饿，风卷残云外加狼吞虎咽，一口气给扫光了。

家属跟医生交换病情回来，看见空着的粥罐子，很满意，说这人就得抢食吃，才欢畅。猪才抢食呢，患者不耐烦了，冲家属黑了脸，妈你哪来的废话。

当妈的似乎很怕女儿，赶紧赔笑脸，妈不废话，你好好调养。

当着秦嫂，做妈的依旧废话连篇，这些蛇果，你赶紧吃，吃得她口舌生津都不给。

不是说可以吃一点水果吗？

那得血糖正常才能吃。

记着，当着她面吃，刺激她！

午餐是糯米花桑皮汤，配陈粟米饭，还有一个清蒸排骨。

秦嫂吃撑了，饱嗝连连。患者皱了眉头，说你出去吃吧。

你妈妈说了，饭一定要在病房吃的！秦嫂小声说。

我妈妈的钱，是我给的，你听她还是听我的？患者轻描淡写说完，不再看秦嫂。

秦嫂拎得清孰重孰轻，端了饭碗出去，她正嫌自己吃相难看，憋得不行。

晚饭简单，葫芦汤配鳝鱼丝，患者口鼻有点烂痛。

简单不代表分量不足，秦嫂吃得破天荒的，肚子圆了起来。

患者的调养，足足有半个月。

尽管是猫儿食，尽管食欲没增加，秦嫂依然功不可没，患者开始吃零食了，这在之前，绝无仅有。糖尿病就是要少吃多餐。患者是模特，身上增减一分，都要计较的，如同《登徒子好色赋》里所言，东家之子，增之一分则太长，减之一分则太短，着粉则太白，施朱则太赤。

秦嫂哪里懂这个，秦嫂只知道，放着好吃的东西不往嘴里喂，那是罪过，是暴殄天物。

患者出院那天，科室主任难得有了空闲，冲秦嫂悄悄招手，说你过来一下。

秦嫂就过去，医院做陪护久了，秦嫂人缘没话说。差不多医生护士的亲属，有那需要陪护的，秦嫂都亲人一样尽心尽力伺候，秦嫂有句话，你们是医者父母心，我是把患者当儿子。

这话不是占便宜，爹娘待儿万年长呢。

科室主任说我帮你查一下血糖。

血糖？秦嫂吓一跳，说糖尿病还传染？

哪里，前段时间你不是说口里发干，打不起黏涎吗？

是啊，还双腿发软，眼前一阵阵放雾雨花，看东西都不大清楚，我差点以为陪护这碗饭吃不长了。

这是事实，秦嫂本来要辞工的，是科室主任强留着要她陪护完这个患者再说。

现在口里还发干不？科室主任意味深长笑。

不干，都唾沫横飞了。

双腿呢，还软不？

秦嫂想起来似的，提腿伸脚，哎呀，还真的不再灌铅了。

眼睛里雾雨花没了吧？

秦嫂眼睛亮亮的，没了！

那就对了！科室主任说，你是糖尿病早期呢。

早期，那些症状咋没了？

你说呢？查完血糖，一切正常，科室主任拿出一个食谱递给秦嫂，回家按这个方子食补，不用药，也别住院，照样能够控制血糖的。

很熟悉的食谱，那模特这半个月吃的不都在上面吗？

秦嫂一下醒悟过来，科室主任变相帮她治病呢。

那个饭一定要在病房里吃，以刺激患者胃口，肯定是科室主任跟患者家属特别交代的。

面对穷人生不起的这种富贵病！秦嫂居然没生出半点恐慌。

◀ 妈妈的世界

四楼，雇主忽然停下了脚步。

秦嫂不停脚步，还没到呢，产科在五楼。

在医院干陪护的人，闭着眼睛，住院部的科室都分得清。

雇主冷不丁就跪了下来，夜深，楼梯拐角处，没人，这一跪就不显得突兀，不让人起疑心。

住院部的家属也好，陪护也好，非不得已，转钟后是不会走楼梯的，总觉得瘆人得慌，传闻中很多鬼七鬼八的邪气事，都在楼梯拐角处发生的。

玩什么鬼秦嫂都不怕，白天她手里还送了个病人最后一程。

活是刚接的，很仓促。

主要是撂不下产科主任赵秀玉面子。

能请到秦嫂名下，赵主任肯定是权衡再三了的。

差不多医生都晓得，秦嫂有个不成文的规矩，每做完一个陪护，她会给自己放两天假，回乡下喘口气，这是矫情的说法，她是把挣来的钱，抽空子回家送给儿子媳妇呢。

媳妇对秦嫂不在家里带孙子，怨气一直没消，好端端不享受天伦之乐，跑医院伺候病人，犯贱不是？

才不犯贱呢，家里光景什么样秦嫂清楚，老头子生前卧床那几年，把家折腾得就剩下个空架子，她不到医院做陪护，就算把孙子带成皇太子，照样讨不了半分好。

儿媳妇这话，是说给外人听的。言下之意，她没逼着秦嫂出来找钱。儿媳妇是要面子的人，秦嫂就只能做那里子，确实是很贱人的举动。

给雇工下跪，雇主这个举动是更贱人一步了，秦嫂乡下有句老话，拿人钱财，替人消灾，吃人腌菜，受人编排。

天翻过来当地了，这是。

秦嫂赶紧去拉雇主，怀孕的人，连菩萨都可以不拜的，她一个凡夫俗子怎么经受得起。

雇主瘦，怎么看都不像怀孕要剖宫产的样子，后怀的孕妇秦嫂不是没见过，怀得这么不显山不露水的，秦嫂还真是活久见。

面对秦嫂眼里的质疑，雇主轻轻敞开宽大的罩衣，您猜得没错，我压根就没怀孕。

秦嫂嘴巴张成了 O 形，这不是消遣人，做贱人吗？

雇主紧跟着补上一句，手术还是一样做，得您陪护。

平白无故在自己身上划一刀玩？秦嫂张成 O 形的嘴巴马上被焊成了一条缝，她知道，雇主肯定有不得已的苦衷。

否则，一跪之举作何解释。没谁吃饱了撑的甘心情愿当贱人。

闭上嘴巴，代表着秦嫂会对一切守口如瓶。

雇主的苦衷却并非不得已，在秦嫂看来，她完全可以，置身事外的。

雇主有个双胞胎妹妹，嫁了，生个快五岁的孤独症女儿，送在特校做心理治疗，已经大半年，目前很有好转，可以出来跟着父母正常生活了，学校这么通知的。

本来是很高兴的一件事，意外总是赶在明天前面出现，妹妹妹夫去特校接女儿时，出了车祸，双双去世。未婚的姐姐打算充当妈妈角色，把侄女抚养大。

好事啊，这一跪从何说起？秦嫂心里疑惑更深了。

孤独症的孩子，特敏感！雇主咬了一下红唇说。

我知道！秦嫂点头。

您知道就好，雇主眼里有了泪花，特校老师说了，稍微疏忽一点，之前做所一切会前功尽弃会的！

这点秦嫂不否认，她曾经护理过一个孤独症的病人，这种患者，拒绝一切不属于自己的东西，始终跟身边的世界保持着戒备心理，一旦越过界线，患者要么自残，要么他残。

你这是担心哪点上会百密一疏？秦嫂明白了个大概。

我妹妹生孩子时，剖宫产，而我，未曾婚嫁，雇主难为情地低下头，光滑的小腹此时此刻，成了她作为女人身体上最大的瑕疵。

你确定，孩子能记得这个细节？秦嫂抱着侥幸。

是的，我确定，雇主羞红了脸，妹妹有次晚上加班，把孩子交给我带，半夜里，孩子醒了，那会她才两岁，还没任何自闭倾向。

然后呢？秦嫂其实知道了答案。

我发现，孩子小手一直在我小腹那摸来摸去。

你觉得她是在摸那道伤疤？

当时我不确定！

现在为啥确定？

因为自那以后，孩子话越来越少，妹妹加班一次，孩子我带一次，直到最后，孩子不再说话。

这就是她孤独症的成因？

特校心理老师跟我们沟通时说，这孩子脑海中有两个平行的世界，她不知道自己在哪个妈妈的世界里。

你想要她回到只有一个妈妈的世界里？

所以，我必须做一次这样的手术！很犯贱不是？

◀ 来历不明的病

做陪护，做到家属找自己借钱的份上，秦嫂觉得这种事，活到下辈子，都未必能得见。

有幸当了回债主，在雇主面前。

应了阿Q那句话，我祖上，也阔过的。

若干年后，秦嫂的孙子要是依然做陪护这个工作的话，完全可以这么嘚瑟一下，冲那些有钱的雇主。

饶是如此，秦嫂依旧找不到扬眉吐气的感觉，相反，很憋屈。

人艰不拆这四个字，是秦嫂从她伺候的这个有钱病人嘴里学到的。

不带这么收学费的吧，一字千金了。

病人未婚夫在秦嫂身上借了四千元。还特别告诫秦嫂，不要告诉病人。

秦嫂压根没打算告诉病人的念头，话赶话借出去的，即便反悔，也不好找病人出头，当着病入膏肓的人说，良心还要不要。

秦嫂认死理，黄牛角水牛角，各归各。

到底没能各归各，伺候病人时，走了心思。心思一走，手上的活难免走样。

从病人屁股下抽出便盆时，居然歪了一下，有液体洒落在床单上。

病人看着秦嫂，眼里射出不满。

是少给你钱，还是迟发你工资了？我未婚夫。

你未婚夫？呵呵，秦嫂暗自嘀咕，都找我借钱了知道不？嘀咕完特好笑，病人这模样了，颐指气使的习惯还改不掉。

一百颗安眠药，秦嫂很奇怪，她哪那么本事，弄到手的，医院的医生，最多只给病人开十二颗的。

所谓的病入膏肓，是病人自己想象的。

在这种心理暗示下，病人毫无征兆地，瘫痪了。

没半点心理准备，秦嫂接手了。

当晚，病人睡得很是香甜，秦嫂则一夜无眠。

她替病人担心，颐指气使是需要底气的。

病人未婚夫身上，恕秦嫂直言，别说底气，底线都没有。

人穷志短，真没说错。陪护不到一周，竟然冲秦嫂开口借钱，说是江湖救急。

秦嫂很诧异，没搞错吧，找我借钱？借人还差不多。

孰料人家就驴下坡，那就借人！

借人啊，行，怎么个借法？秦嫂顺嘴打了个哈哈。

半个月后付你工资呗，话入耳，秦嫂才晓得人家挖好了坑等她跳。

按规矩，陪护一周后，双方都没意见，要支付一个月工资的，说出去的话泼出去的水，秦嫂哑了口，四千元就这么借出去了。

放心，迟你日子还会迟了你的钱？病人未婚夫这么承诺。

秦嫂还真不放心，日子迟不迟，无关紧要，钱迟了，那就得塌天。

能够迟陪护的钱，下一步就敢迟医院的钱。这种事，在医院陪护久了不鲜见。

何况病人这种来历不明的病，再高科技的仪器都没用，再有经验的专家也无策，好在病人要求简单，住下去，住到能站起来为止。

哪天站起来，哪天就举办婚礼。

恢复的迹象是有的。从病人眼里的不满，秦嫂发现，病人的腿颤抖了一下。

跟着是嘴唇颤抖了一下，他怎么没来？

我怎么知道？秦嫂没好气，钱借走，整整又一周过去，病人未婚夫没露面。

我知道！病人忽然坐起身。

你不是瘫痪吗？秦嫂直了眼睛。

是瘫痪了，不过瘫痪的不是我身体，是感情。

什么意思，秦嫂愕然。

订婚时他承诺过，要和我相濡以沫的！病人苦笑，舒淇说得没错，承诺就像放屁，当时惊天动地，过后苍白无力。

住院，请陪护，都是病人那个有钱爸爸精心设计的桥段，要考验一把这个来历不明的穷小子。秦嫂不过是友情出演，在不知情的情况下。

没承想，真正相濡以沫的，会是素昧平生的一个陪护。

病人可能躺久了，身上血脉不通畅，加之坐得急了点，赶上内心激愤，突然身子一歪，实实在在瘫倒在病床上，有尿臊味在病房间弥漫，尿失禁了。

秦嫂轻轻叹口气，不说话，出门，去买纸尿裤。

都借出去四千元了，不多这点纸尿裤的钱。

秦嫂走得急，在病房门口跟一个人撞了满怀，那个人，手里正拎着一大包纸尿裤。是病人未婚夫！

我辞了职，专门给她来做陪护！那人拦住秦嫂，憨笑，借你四千元，是想拖着你，等我这个月上满了班，拿全勤奖。

全勤奖这么重要？病人眼里有亮光大炽。

至少能多买几包纸尿裤吧，那人抓挠一下后脑勺，我偷偷问过专家，像你这种来历不明的病，得做好打持久战的准备。

秦嫂接过钱，嗔怪说，天底下哪有你这种人，借钱不说，还借人工作。

◀ 蠢到家的人

蠢到家的婆娘！

秦嫂摇头，叹息，在心里这么惋惜着，退出病房。

两口子在病房吵架的多，说出这种狠话的少。

哪天你出院，我哪天跟你离婚！女子尖厉的叫声撕扯着秦嫂的耳朵，虽说是见怪不怪了，还是有护士冲着秦嫂挤了一下眼，言外之意再明白不过，生得贱，都要离婚了还端屎端尿伺候，八辈子没见过男人咋的。

男人却是秦嫂八辈子没见过的病人，每换一次药，每做一次检查，都自己拿个小本本做记录。

完了还忍着疼痛在手机上百度，查询价格。

重三迭四要求护士跟医生转告，别开报销不了的药。

命要紧，还是钱要紧？女人语调里有了恨铁不成钢，上次手术花那么多钱，没见你心疼，这会晓得皱眉了。

男人眼里闪过一丝愠怒，女人没看见，秦嫂退出病房时捕捉了，男人很急促地笑一下，垂下眼帘。

女人眼睑上扬着，连带眉毛都爬坡似的斜竖起来，叫你少吃多餐，非不听，这下好，发作了吧，活该！

男人是二次入院，请秦嫂陪护属于轻车熟路。

直肠癌，男人！

虽说是癌，直肠癌却是最值得病人暗自庆幸的癌，基本上不存在性命之忧，切除有癌细胞的部分直肠，好好配合治疗，日子还有得过。

正因为日子还有得过，男人才这么斤斤计较着，在药费上。

女人气愤愤出去，打开水，秦嫂若无其事进来，男人脸上多少有点挂不住，冲秦嫂说，教你见笑了，我这婆娘，直肠子，张开嘴就能看见屁股眼，说话不经过大脑，蠢人一个。

做陪护这么多年，秦嫂每句话都是经过大脑的，要我说，你婆娘这不叫蠢。

男人奇怪，说出那种颠三倒四的话了，还不蠢？

护士长跟秦嫂耳语的还萦绕着，没见过这么蠢的女人，做了就不说，说了就别做，口口声声喊出院时离婚，这屎尿是白端了，半点人情男人都不会看承。

搁秦嫂男人口边话，这婆娘是典型的人也恶了，屌也割了。

要我说，你婆娘，这叫有情有义！秦嫂坐下来，给病人掖被子，好整以暇地说。

陪护男病人的活，秦嫂基本不接，接活之前秦嫂再三申明，她只是打个帮手，端屎端尿的事，轮不到自己名下。

想多了不是，那婆娘，压根没放弃端屎端尿主权的苗头。

病人和陪护倒是相安无事，吵得风生水起的是病人两口子，这情形在医院很鲜见。

男人的二次入院，根由是在没能禁住嘴。

烟酒辣，男人禁住嘴了，可他没能禁住量，医生交代吃半流食，他却端起碗面条就是两大碗，还非得一日三餐按正点走。

少吃多餐，成什么话，生活没了仪式感，怎么行？男人这么跟医生辩解的。

医生好笑更好气，你自己身体都没了仪式感，还管生活没有仪式感。

男人的肛门手术后封闭着，在腹壁制造有尿道口，靠塑料袋排泄。

男人的情绪这会明显需要排泄，有情有义？她？从他嘴巴张成的 O 型可以看出男人的愤怒，离婚都提上议事日程了，何来情义一说。

怎么没有情义，真要无情无义，她早跑了，还端屎端尿伺候你到出院了才叫嚣着离婚？秦嫂一语中的。

男人无语，瞪大眼珠看吊瓶里的药水，一滴，两滴，人在这种时候，能够想起很多东西的，包括，日常生活中的点点滴滴。

男人口中那个蠢婆娘，心里显然装着日常生活中的点点滴滴。

说什么气话呢，你？秦嫂说，真要离婚还端什么屎尿，屁股一拍清爽走人。

屁股一拍走人，那算什么话，女人两只耳朵竖起，太没仪式感了。

离婚要什么仪式感？秦嫂不解。

结婚都要仪式感的！女人脸色一端。

两人，居然曾上演过一段凄美的爱情故事。

从相识到相知再相爱，婚前检查，女人被误诊，绝症，只剩下三个月时间。

男人说够了，一个月我们订婚，一个月用来结婚，还有一个月可以度蜜月。

女人不同意，干嘛这么折腾，你安静陪我就是了。

生活需要仪式感的！男人第一次违拗了女人意思，

多蠢的一个人，你说是不？陷入对往事打捞的女人，脸上飞起红晕，他那时真不晓得怎么过日子，把手里的钱三个月时间花得干干净净，还说什么人本来就是赤条条到这个世界上来，再赤条条的离开这个世界，这么做，是为了来去无牵挂。

等等，你意思他当时决心陪你离开这个世界？秦嫂听出些眉目来。

结果是，女人没半点将死的迹象，反倒是他们婚后的日子，差点打了死结，捉襟见肘了三年三年复三年，才有的起色。

敢情他当时萌生了死志？女人确实够粗心，我还真没想到这一层，只想着自己还有几天活头。

秦嫂忽然叹口气，他眼下，应该一门心思琢磨着怎么才能多省点钱，可以陪你更长久吧。

钱，是维系日子长久活着最强有力的保障。

这点上，秦嫂比任何人都心里明晰。

如果不是为了自己高位截瘫躺床上几十年的男人活得更有保障一点，秦嫂绝对不会出来做陪护，她原本是想挣点钱给男人买辆轮椅，看看外面的世界的，孰料男人用一根绳子寻了短见，把外面整个世界给了她。

都是蠢到家的人呢。

◀ 烦人不是

做陪护年头一长，秦嫂的见识日渐上涨。

接手这个大家都称呼成局的男人时，秦嫂都没犹豫一下。

不是多严重的病，也不是多大年纪的男人。

秦嫂手里送走的人不在少数，再者说，秦嫂的年纪都生得出成局，成局那模样，不过四十岁才出头。那些小护士，花朵一般含羞的年龄，都不避讳的，护工跟护士，才不过一字之差。

那么老的女人，你忌讳啥？成局的夫人见成局脸上有不悦的迹象要爬出，赶紧将成局的不悦扼杀在萌芽状态。

成局扭过脸，不知道是反思还是反感。

秦嫂心里不悦了，你能年轻一辈子？

成局的夫人，确实嫩相，口气都有点不谙世事。往成局病床前一站，给人感觉就是老夫少妻的标配。

成局阴着脸，不搭理秦嫂。

刚入院，都这个德行，环境本来就够陌生，再弄个陌生女人在床前喋喋不休的伺候，言语上还深不能深浅不能浅的，别扭。

女人自顾自话，要不是我这身体刚做了手术，肯定要亲自陪床的。

那是！秦嫂本打算说少年夫妻老来伴的，想想不妥。

秦嫂不相信女人身体刚做了手术，刚做了手术还这么风姿绰约扭动腰肢摆弄兰花指的，百无一见。

到手术，我还得赶去医院做术后恢复观察呢。女人扭转语气，很关切对成局做私语状，话音却清晰钻进秦嫂耳朵，你好好养病啊，能躺着就不坐着，吃喝拉撒都有人伺候，咱们花了钱的。

烦人不你！成局到底吼出四个字来。

好了好了，不烦你了，要静养，你这病。

病房一下子安静下来。成局不躺着了，说把床给摇起来，我坐会！

床头摇到成局想要的角度，成局伸手示意可以了，秦嫂说，这个角度不适合打点滴。

成局说适不适合我心里有数。

那个角度，适合成局在病床上，摆出正襟危坐的架势。

就那么假正经的一个人，烦人吧！当晚女人和秦嫂交换病情时说，生病还搞个公事公办的架势，给谁看呢。

肯定有人看。

上级慰问，见成局腰板挺直在病床上看工作汇报，说成局身体恢复这么快？

成局一脸轻松，轻伤不下火线，又不是生死攸关的病。

成局的病，离生死攸关确实有几步路，哮喘，春末夏初是高发阶段。据说成局每年都会在此期间住院，变相疗养，以求安全度过风险期。

最多十天，你忍忍啊！女人的兰花指又翘在成局耳边，这次真的是窃窃私语了，秦嫂赶紧知趣往病房外面走。

成局那句烦人不你却没能知趣地在秦嫂耳边过门不入，说了八百遍，不要收，今日不同往日了知道不，每年进来一回，你好意思收，我还不好意思住呢。

女人的声音嗲着，以后打死也不收，行不。

嗲完，女人声音提高了分贝，我回去睡美容觉了啊，你早早歇着。

女人的美容觉是在麻将桌上睡的，成局的三个下属来看成局，说怕夫人一个人寂寞，特别安排媳妇陪打通宵麻将了，夫人手气好得不行，一人洗了三家。

成局心知肚明，人家这是曲线送礼。

医院住不下去了。成局对秦嫂说，你把科室主任给我叫来一下。

科室主任来了，很医者父母心的语调，成局啊，这个时候出院，最容易事倍功半了，你的病至今找不出诱发病因，在这里，怎么也比在家里安全系数高不是？

成局还想努力，科室主任说，一个头都磕下来了，一个揖作不下来？

磕头作揖送走科室主任。根据成局身体的症状，十天过去，哮喘对他当年的生命威胁几近于无。

其后几天，成局夫人为了成局静养，真的不来烦人了。

但凡成局住院，这种规律是常态化的。熟知成局身体状况的护士长在成局出院后跟秦嫂这么透露说。

没能常态化的，是成局出院之后，一直没请科室主任吃答谢饭。

烦人不是！科室主任翻看着成局病历，说他这个病，又不是生死攸关，咋说死就死了，不就是接了纪委一个电话吗？

烦人不是？秦嫂大街上偶遇成局夫人，那个女人翘着兰花指依然翘着，口气却悻悻地，他这一死，我后期手术费都没人给报销了。

后期手术？

对啊，我做了面部整形，你帮我看看，有没点像那个大美女冰冰？

明明是仲夏天气，秦嫂没来由觉得身子骨冷冰冰的。

◀ 先敬人再敬神

先敬人，再敬神！

敬人，人在哪儿？家属嘴角一撇，不屑写在脸上，神可是无处不在的。

举头三尺有神明。

秦嫂明白过来，人家这是没把她当人，还用神来监管她。

自己把自己当人敬就行！秦嫂笑一下，以画外音的方式。

伺候患者，却不能以画外音的方式，得言语上温暖，行动上熨帖。

再普通不过的一种病，患者却紧张得不行，腰椎问题引起的坐骨神经痛，疼得爬不起床来。

不是一爪子能抓掉的，这种病，得靠养！主治医师这么下的诊断结论。

坐骨神经痛导致的腰部不适，在住院部，请陪护的少，秦嫂被点名时，很多陪护还羡慕，说秦嫂接了个轻省活，不用给患者端屎端尿，不用给患者递水喂药。

屎尿虽说臭，却远不如人的嘴巴臭，这点上秦嫂再清楚不过，从患者每次见到家属屏住呼吸就能晓得。

八百年就跟你说，不要天天坐，这下好，坐出病来了吧？

患者不吭声。

你别不服气，老古言说得好，睡出的病摸成的疮。

那你意思我应该从病床上爬起来跑步去？患者噌地要从病床上弹起来。

有咯吱一响从患者腰椎传出，秦嫂潜意识中听见的。

瞧你，这么大气性，我说了不给你治病吗？我是舍不得那两个小钱的人吗，放眼整个医院，谁这种病请过陪护？

给治病就少在一边风言风语的？请陪护很了不起，要不要我叩首谢恩啊！患者的声音弹起来，可惜的是，她的腰椎没能给她身子骨争一口气，弹起来。

我这不是跟主治医师来交流吗，昨晚我求了菩萨的，许过愿，说你这是冲撞了邪神，有些病，得阴阳配合着看。

家属很以为功地看一眼秦嫂，昂首挺胸出去。

文章开头那番话就这么从秦嫂嘴里弹了出来，秦嫂是善意地提醒家属，在医院就得敬重医生，扯什么拜菩萨，菩萨真能包治百病，还要医院医生干什么？

孰料好心落了没好报，人家压根没把秦嫂当人。

秦嫂很想看看，家属口口声声的神，在举头三尺怎么看待他。

主治医师正在写病历，家属进去时，大大咧咧的，医生啊，跟你说个事！

什么事？主治医师的头从电脑前抬起来。

像我爱人这种小病吧，我觉得主要靠养！

嗯？

我意思有些药不要乱开，是药三分毒！

您继续！主治医师把身子坐端正，看着家属。

而且我求了菩萨的，说她这病是冲撞了邪神，得还愿。

邪神？

菩萨说她把内裤晾露天里忘了收，被露水神碰了，这宁许人，不许神的，你应该听说过。

懂了！主治医师站起身子，马上给你办出院手续。

出院手续，我没说要出院啊？家属脸上的得色变成懵逼。

像你这么有见识博杂的人，肯定也听说自古以来中医有六不治。

六不治？倒真是第一次听说。

秦嫂上去，轻轻拉一下家属衣摆，示意他借一步说话。

您这是犯了其中的三不治呢，秦嫂轻言细语给家属做医学普及。

三不治？

骄恣不论于理，不治！秦嫂说意思很简单，人非常傲慢，骄横，不治。

我有傲慢，骄横吗？家属难得地低了一回头，看自己脚尖，他一向以为，自信于心，沉着于形，咋这会脚步沉重了呢。

重财轻身，不治！意思是病得很重，都不肯花钱治病，不治。

家属眼光探向病床，她病得很重？

腰椎啊，弄不好容易瘫痪的，心理上的压力，你说重不！秦嫂喟叹一声，你还口口声声说这病靠养。

那第三个不治呢？家属额头有汗珠冒出。

信巫不信医，不治！秦嫂清晰无比地从舌尖弹出这七个字。

该死，咋就头脑一热跑去拜菩萨了。

六不治中，一下子占了三条，家属傻眼了，这个主治医师是小城治疗腰椎的第一把好手。能够让爱人成为他的病人，可是动用了不少关系的。

有办法补救不？您在医院待得久，多少有一些门道。家属的语气由居高临下变成不耻下问。

所谓大道至简，秦嫂微微一笑，来了个老调重弹，门道不是没有，很简单，先敬人，再敬神呗！

敬人，人就在眼前。

家属脸色一端，站直身子，正了衣襟，冲秦嫂深深鞠上一躬，说我爱人的病，拜托您多多费心！

有咯吱一声响，再度响起，这次不是潜意识的，秦嫂眼角余光看见，患者的腰在病床上动弹了一下，幅度很大。

有如神助呢，之前她随便挪动一下腰，都得秦嫂打帮手才行。

◀ 恨人不死

接电话时，秦嫂语气含着恨，还以为这把老骨头没人惦记了呢。

再闲下去，骨头缝里能长出草来，秦嫂心里荒得不行。

疫情期间，所有患者家属都不能进住院区，更何况她们护工了。秦嫂惦着那些从自己手里过了一遍的病人，想问个信都难。

都说念念不忘必有回响，还真是，疫情刚好转点，就有人请秦嫂做陪护了。

电话是精神卫生中心护理部打来的，秦嫂对这个名字有点陌生，不应该啊，在医院做那么多年护工，哪个科室闭着眼睛都能摸到的。

秦嫂就电话里饶了一句舌，精神卫生中心？几楼啊？

独一栋！

独一栋？放下了电话，秦嫂脑海中打捞出整个医院的建筑群，门诊部，住院部，行政楼，食堂，这些单元楼过完，电话里的独一栋就显山露水凸显出来，在行政楼和食堂中间，不怪秦嫂陌生，那栋楼，是用不着护工的，患者一个个不是要上九天揽月，就是要下五洋捉鳖，情绪饱满得很，偶有神情颓废的，也是口中炸苞米花一样自语个不停。说到这肯定大家明白了，那栋楼里全是精神病患者。

秦嫂有点怵，见患者前多了句嘴，文疯还是武疯？

疯不动了？家属答，七十岁喊得应的人。

那还住院？

残疾证到期，住院审察重新定级！护士长插嘴。

走过场啊，秦嫂落下心来。

偏偏，过场却不是那么好走。

老太太脾气不一般的大，秦嫂进去时，老太太牙正咬得咯咯作响，想我死在医院里明说，骗我搞检查，你说，有检个查还住院的吗？

秦嫂刚要接嘴，被老太太一句话堵上，我又不是头一回做检查，哪次检查完住院过，都住女儿家。

秦嫂正是老太太女儿托医院请的。

女儿托付秦嫂时也咬着牙，家里有个这样的病人，走哪都抬不起头，您是不知道，请她吃请她喝，她还怀疑你饭里菜里汤里下了药。

有这事？秦嫂一怔。

女儿眼圈涨红了，迟早有一天我得死她前头。

老太太不受头了，我晓得，你使计把我送医院，就是想要我死在你前头。

真想您死，我还花这冤枉钱，随便您大街上疯跑，只怕您坟头草都长三尺高了。

你想留个好名誉呗！老太太嘴一撇。

秦嫂赶紧插科打诨，眼下她不要好名誉了？

名誉到手，卸磨杀驴呗！

这老太太，胡搅蛮缠起来一套一套的，秦嫂彻底长了见识。

老太太识破秦嫂心思，我只是神经有问题，你们别想把我当傻子？

这话在秦嫂听来，警示的意味很重，秦嫂好笑，您不傻却说了蒈话，送医院怎么让您死，有医生，有药水，想死都难！

这你就不懂了，老太太很神秘冲秦嫂招手，疫情不是没完全结束吗，医院这地方可危险了，尤其我们这种上了年纪还有糖尿病的人，感染率最高。

听老太太这么说，秦嫂知道晚上的陪护，得小心翼翼才是，否则会被老太太弄一个同谋的罪名。

还真是同谋，老太太洗澡时，秦嫂电话响了，老太太女儿在那边说，您得对她狠一点！

秦嫂奇怪了，哪有家属出钱让护工对患者狠的。

不狠她就分不出谁对她好，谁对她歹！女儿在那边恨声不绝，说您不知道，我这个娘有多难伺候。

果然难伺候。洗完澡，老太太刁难上了，我坐马桶上拉不出来。

拉不出来就屙裤裆里，秦嫂想起老太太女儿的叮嘱，冷了脸回答。

楼层有公厕，蹲坑，但非常时期，护士交代过，能不出病房尽量不出病房。

老太太说我真屙了啊。

屙呗！秦嫂一点不乱方寸。

老太太叫嚷起来，端人碗，受人管，吃人腌菜，受人编排，有你这么当陪护的吗？

等的就是老太太这句话，秦嫂立马怼回去，没我这么当陪护的，也没你这么当娘的。

我这么当娘咋了？

一门心思让闺女死自己前头，你说怎么了，真想白发人送黑发人？

我几时让她死我前头了？

你句句话都让她死你前头！秦嫂什么人啊，当陪护都有把躺着的人说得站起来的本事，你闺女送你来住院，药物按医生定的量吃，饭菜按家里给的谱做，有哪点是要谋害你，你说？

她把我丢医院就是要谋害我。

那不是为了你换证后享受国家的福利吗，再者说这住医院跟住酒店有什么区别？

还真是，病房里床单崭新的，洗漱用品一应俱全。关键的关键，是还请着陪护，什么都不用老太太操心，说衣来伸手饭来张口一点都不夸张。

老太太闭嘴的同时闭了眼，那半颗氯硝西泮起作用了。

在老太太忽深忽浅的呼吸声中，秦嫂悄悄给录了一段视频，传给老太太女儿。

看老太太睡得那么香甜，老太太女儿在电话里恨恨说，她倒好，眼睛一闭，睡得鼾是鼾屁是屁，我这边，心一直悬得紧紧的。

秦嫂不答言，做陪护这么多年，她深深明白一个道理，这年月，能够被人爱在骨子，才有资格被人恨在嘴里。

做陪护，最恨的就是家属对患者，连恨意都不生一分。

◀ 把天打破

不是所有的病人，都得顺毛捋的！秦嫂这么说着，使个眼色，一把推开病人家属，那个风都吹得倒的老头。

有你这么当陪护的吗，说话这么怄人。病人气得嘴唇发乌，我病不死都得被你怄死！

秦嫂那会儿已把老头推到病房外，脑袋还不忘记扭回来，冲病床上老太说，我要真有那本事，岂不正好正如了你的意，这陪护我做得算功德无量了。

老太一下子哑了口，她确实口口声声说过，咋就不让我横死算了，还到医院遭这罪。

她遭的罪，在好多病人眼里，是八辈子求不来的福呢。

在病症面前，不是什么人，都能做到砸锅卖铁给患者求医问药的。

秦嫂却是一年内第二次给老太当陪护了，因为熟，言语就少了拘束，甚至带了点放肆，在不知情人看来。

饶是如此，身为病人家属的老头却还能由着她这个陪护使性子，护理骨髓瘤患者，秦嫂是有心得的。骨髓瘤，就是通常所说的骨髓癌，它和白血病比较类似，这种病人免疫力也下降，病人非常容易感染。

秦嫂是想让老太情绪被感染，果不其然，老太激动了，功德无量？你倒是想把天底下美事给占全，偏不遂你的愿。

啧啧，秦嫂撇嘴，还偏不遂我的愿，当你是我的天？

只有天才不遂人愿的。

老太不是秦嫂的天，但老太显然是老头的天。

为给老太化疗，老头把房子贱卖了，在医院附近租了个一室一厅的屋子。那可是学区房，若不是新冠疫情学校没复课，抢手着呢。

忍一忍，可以卖个好价钱的！秦嫂不解。

老头苦着脸，病，忍不起了，早先化疗一次还管三年，末了两年，之前一年勉强管上头，如今，半年一次了。

房子，是老太命根子呢，秦嫂叹气，上次陪护结束，她可是发誓，再也不来医院遭罪了，死也要死在自家房子的。

车到山前再说吧，老头擦一把迎风流泪的眼，死自家房子有哪样好？多睁两天眼睛看看这无奇不有的大千世界才是活人的道理。

还真让秦嫂见识了什么叫无奇不有的大千世界，赌气不让秦嫂功德无量的老太憋足劲熬过化疗期。

比哪次化疗的恢复期都短。

这期间，老太对秦嫂颐指气使的，说出的每句话都砸得死人。

秦嫂正吃饭呢，我要上大号！恶心人不是？

秦嫂刚眯眼呢，扶我走两步！折腾人不是？

总之，就不让秦嫂闲着。

猪尿泡砸头上，打不死人怄死人！换个人，早翻脸了，没承想，秦嫂任劳任怨着。

有新来的陪护看不惯，给秦嫂递小话，天底下就她家的钱好挣？

秦嫂眉眼淡淡的，天底下谁家的钱都不好挣。

我看你这是生就的贱骨头，不被人呼来喝去的身子骨发痒！新来的陪护口气悻悻地，咋听不出好赖话呢。

秦嫂没听见，她耳朵里只有老太作威作福斥责声，一天比一天透着精气神。

很奇怪的，老太寻死觅活不愿做化疗时，秦嫂舌尖长了刺似的，从不给老太半分好言语。一俟老太化疗出来，秦嫂舌尖刺全软了，反倒老太嘴角生出钩子，每句话都能撕扯得秦嫂皮开肉绽的。

这下好，满你心了，下次化疗你又有得钱挣了！

怄人吧，这话。

秦嫂居然一点不恼，那是那是，我这才挣你家一扇门窗钱。

秦嫂意思再明白不过，老太的房钱给她治病，宽打宽算着。

老太受了恭维，眼里有了亮光，脸上颜色又红又润的。

饮食上不能马虎，以高热量、高蛋白、富含维生素、易消化饮食为主，别不舍得。秦嫂这么交代老头。

咋会不舍得，牛奶，蛋羹，鱼粥，肉弱，这些东西能吃破天还是咋的？老头挺着胸，真吃破了天也不怕，天，破就破了呗，只要家，完整。

秦嫂好端端地突然变了脸，你这老头，说话咋比老太还怄人呢。

怄人？有吗？老头一脸的莫名。

老头不知道，秦嫂出来当陪护，就是想挣笔钱给因患骨髓瘤卧床在家的老伴化疗，老伴偷偷用绳子结束了自己的生命，留下一个空荡荡的房子，家虽在，却再不完整了。

说着说着秦嫂流了泪，她正是怕老太不愿配合化疗，才一次次充当黑脸，说出那些怄人的话，激起老太的心劲。

上了年纪的人，最见不得的，就是别人把猪尿泡砸自己头上。

那是要把自己头上的天打破呢，但凡能有一口气悠着，都不能忍。

◀ 把天打破

咋了，你的人我用不上，你的钱我也用不上了？

女人一开口，秦嫂就听出不对了，而且，不对的事情还多。

做陪护这么久，秦嫂第一次接到这种只陪护一天的活儿，还是以母亲的身份出现，当然，价格是合理的，合理得让秦嫂不忍心拒绝。

看到这，你要以为秦嫂贪钱，那就大错特错了。

秦嫂贪的是医院对自己工作的认可，换个人，肯定会不屑，给病人做陪护，又不是正儿八经的医护人员，医院认可不认可，都于事无补的。

又错了不是？医院的认可，就是一块金字招牌，于患者家属而言，无异于一颗定心丸。很多人只知道医者父母心，其实做陪护要比父母心更父母心。

女人肯定是定了心的，当着秦嫂面这么对男人说话，就是最好的证明。

可惜，男人的表情隐在电磁波里，秦嫂看不见，但有一点能够肯定，那表情，绝对是尴尬的。

电话挂了。

秦嫂带了女人去做心电图。

刚才女人用支付宝交的费，男人收到支付宝缴费提示后，秒回电话，问女人又买什么东西了。

你没告诉他到医院检查？秦嫂问，很像母亲的语气。

两天前就说了！女人淡淡地回答。

欺人欺到头上了，这是！秦嫂鸣不平，母亲的形象出来了，哪有老婆去哪儿不关心，钱去哪儿才关心的男人。

谁欺负谁还不一定呢？女人揉一下胸，牙齿在唇上留下一排白印。

胸闷气短，不是第一次出现这些症状了。到医院检查，女人是迫不得已，这次缓解所用的时间是之前几次的总和。

同女人作对似的，这次她被男人漠视的时间，也是之前几次的总和。

第一次出现这个症状，男人紧张过，还煞有其事去拨打120，被女人拦住了，当我纸糊的呢？

再往后，纸糊变成泥捏，泥捏变成铁打，女人的胸闷原本不是事，受的气多了，便成了事，男人居然对单位一个铁打的女人嘘寒问暖上了，还振振有词的，关系单位员工疾苦是领导的责任。

你不是喜欢拿责任说事吗，女人冷笑，让你好好担一回责。

不出所料，心电图显示一切正常，不正常的是女人，她找到主治医师，要求做长程心电图，那玩意，秦嫂知道，得二十四小时佩戴身上，行动起来诸多不便，敢情，女人是为这个才找的一天陪护？真的是女儿般的矫情。

是的，一天，脚跟脚手跟手的一天，女人这一天可以伸手不沾阳春水的。

偏偏女人沾得分外起劲，支付宝上不时发出滴滴声，女人伸出手来是花钱如流水。

男人电话追不过来，女人把手机设置成飞行模式。

秦嫂真把自己当女人母亲了，不无关切说，不怕回去吵架？

吵架好啊，怎么着也是一种响动吧，女人笑出泪来，有响动的地方，才有生气不是？

生气？秦嫂一怔，她耳朵里，有日子没听见响动了，自打干上陪护这一行后。都是轻手轻脚做事，轻言轻语说话。

长程心电图佩戴在身上，女人很安静，安静得可怕，暴风雨来临前的那种安静。

响动是在女人电话解除飞行模式后爆发的，打开电话，几十个未接来电，女人竟然还能抿着嘴乐。

电话被打爆，男人的脾气燃爆了，你在医院？

嗯，女人好整以暇自拍一张照片发过去，背景是一个高大帅气的男人。

秦嫂身影被完全遮蔽。

谁陪你？

反正不用你陪！

不用我陪，男人气急败坏了，别忘了，你花的老子的钱……

多少人的钱等着让我花呢，信不信老娘马上连你的钱都不用了！

女人话比钢钉还尖锐。

男人口气如同雪人见了阳光般矮下去，你不能这么欺负人的。

我还真想欺负你一把，女人语气很冷峻，限你立刻马上到医院来做个长程心电图，我正在做。

立刻马上？做长程心电图？干什么？男人没来由地心虚。

检查一下，看谁的心脏有问题呗。

那边正要追问，咔嚓一声这边挂了电话。

敢不来，让他知道锅是铁打的，女人看着秦嫂，说让你见笑了。

秦嫂不笑，秦嫂愤愤不平的，有你这么欺负人的吗？

轮到女人百思不得其解了，欺负人，有吗，我？

手术，今天，我女儿，心脏搭桥！秦嫂语无伦次了，原本，陪护女儿的，今儿个，我应该。

女人脸涨红了，一只手捂上胸口。

是院长找我，答应上最好的医生，用最好的支架，给女儿做手术，换我陪护你一天。

没人能知道，院长是女人的初恋。

院长却清楚，女人打小就没了娘。

◀ 作恶的底气

恶人自有恶人磨!

秦嫂很少这么背后说人,走出病房门,还是忍不住感慨了一句,在心里。

恶人躺在病床上一动不动,很显然,没了作恶的底气。

两个人,原本认识。

落到一个人伺候另一个人的份上,谁也不曾意料到。

好在,秦嫂可以假装不认识。

看恶人眼神,应该记得秦嫂,从秦嫂走进病房一瞬间,恶人就认出了秦嫂,嘴里啊啊着,想要拒绝,偏偏喉管疼,影响了发声。

家属误解了,以为她那是激动。

恶人喉管处长一疙瘩被切,吃饭靠鼻子进食,这种陪护得具备相当专业的护理水准,一般陪护是不接这种活的,没那个耐心,更没那个能耐。

秦嫂就知难而上了,没承想,遇见了这辈子不想遇见的人。

第一次见面的场景还历历在目，确切说，那是一个人被另一个人作践的场景。

秦嫂在餐馆里端过盘子，做姑娘那会。

恶人去吃饭，刚开席，碰上停电，秦嫂着急忙慌点了蜡烛送过去，恶人把筷子一砸，这么点光亮，成心让我们把饭菜喂鼻子里去啊。

秦嫂赔笑，哪能呢，鼻子可是长在嘴巴上面。

我看你是眼睛长在屁股上，恶人嗖地站起来，顾后不前顾的东西！

秦嫂听出恶人的愤怒来，她刚才，确实先给后面一桌客人先点蜡烛了，那一桌光线，更暗一些，客人年纪，更长一些。而恶人这一桌，青春年少着呢。

恶人不理这个茬，她习惯了处处占先。

真有用鼻子吃饭的一天，我一准让你占先，年轻时的秦嫂很气盛，回了这么一句。

一语成谶了，竟然。

秦嫂只是没想到，恶人会老得这么快。

喉管处长疙瘩，能老得不快么，进食困难导致营养不足，所谓的吃，一直是象征意义大于实际意义，鼻饲营养就提上议事日程，住院是不得已而为之。

将胃管经一侧鼻腔插入胃内，通过病人胃管向胃内灌注流质食物、水和药物。

鼻饲进食初期，需得住院观察一段时间，流质胃管会有不适感，有些患者会排斥，且希望能用嘴尝到食物的味道，可是这部分因吞咽困难的患者，经嘴进食易将食物呛入气管内，导致肺炎，加重病情，甚至发生窒息。因此，鼻饲患者的家庭康复护理非常重要。

美其名曰陪护，秦嫂更多是传授经验给家属。

家属是耐烦的，耐不住烦的是患者。

第一次鼻饲进食时，患者恶狠狠把头扭向墙壁，秦嫂毫不为意，患者很多时候，就是孩子，得哄。

秦嫂的哄，却是雷霆万钧的轰，不吃好，这种病，反正是鼻子长在嘴巴下面了？

什么意思？家属不解。

提前闻见土香了呗！秦嫂轻描淡写地，闻见土香是脚脖子埋进土里的又一种说法，意思是人的嘴巴已经断了阳世的食物。

恶人怎么受得住秦嫂这么编排自己，鼻子使劲嗤出一股气来，我偏要吃，不遂你的意。

带着气，恶人吃得狠劲十足，流质胃管造成的不适，自然就忽略不计。

医生护士都担着的心，放了下来，多少患者，第一次鼻饲进食，闹得病房里人仰马翻。

秦嫂没能翻船，却也不敢侥幸，患者这个性子，还得磨。

得磨了没半点脾气，才能够有效治病。气大伤身，哪种病不是邪气入侵带来的。

师夷长技以制夷这道理秦嫂不懂，秦嫂只晓得以毒攻毒，瞅准机会，秦嫂单独跟恶人交锋上了，要我说啊，这眼睛长在屁股上的，不是人。

骂谁不是人呢？恶人警惕性上来。

秦嫂慢悠悠从袖头上抽出一根针，说它才是眼睛长在屁股上，只认衣衫不认人。

恶人神情松弛下来。

秦嫂一字一板的，人啊，可不能只生了针尖般的心。

恶人脸变成猪肝色，来医院之前，她起了好几次寻死的心，都被子女发现了。

你这喉管的肿瘤，良性的，切除后，日子还有得过。

鼻饲进食，这日子叫有得笑话看吧？

你想过成笑话让人看也行！秦嫂把针在头发上蹭一下，我绝对成全你。

报应呢，秦嫂这是要作践自己了，电视剧《还珠格格》里那个容嬷嬷不就是用针恶狠狠扎过小燕子吗。

趁她叫不出声正好下手。

偏偏，没有意料中针尖扎进皮肤的苦痛，只有飞针走线的窸窸窣窣声。

战战兢兢睁开眼，秦嫂拿着毛巾缝制的围兜，正在自己颈脖处比画，嗯嗯，这下好，能遮个严严实实，再进食时流质食物和药液就弄不到身上了。

冰凉的针尖停在脖子处，吓得恶人大气都不敢出。

看她一脸紧张模样，秦嫂呵呵乐了，要我说你啊，一点不懂过日子的苦与乐。

你一个陪护就懂了？恶人不肯输了气势，眼里写满质疑。

这过日子吧，是疏可跑马密不容针，秦嫂把针线收起，你呢，乐起来感觉光阴比跑马都快，苦起来就觉得日子比针尖还密。

恶人不说话。

秦嫂站起身，活该老天爷把你送到我手里磨尖这根针呢。

磨尖了干嘛？

挑破了苦日子去跑马啊！秦嫂脸一板，多少鼻饲进食的人，康复后，恨不得一日看尽长安花的。

◀ 大恩如仇

大恩如仇！还真是。

秦嫂自认不是能施人大恩的人，偏偏，被患者家属仇上了。

叫人啼笑皆非不是。

本来这个陪护，秦嫂做得不情不愿的。

钱不是问题，只要你把人给伺候好！患者家属这种口气首先就令秦嫂反感，怎么才叫把人伺候好，秦嫂就是有通天的本事，也不敢打这个包票，患者是个男人，不合规矩呢。

一般情况下，男患者找男陪护，女患者寻女陪护。

可人家，单单点了秦嫂名来陪护，而且是通过院长这条线找的，再怎么不合规矩的活，秦嫂都没理由拒绝。

本以为会很尴尬的，毕竟男女有别，秦嫂可以把自己当火车站公厕大酒店卫生间做保洁的大妈，男人不会啊，毕竟人家，有官在身的。

活路上了手，秦嫂才发现，她这个陪护，充其量就是一个传声筒，在医生护士和患者之间。

那个患者，在秦嫂看来，简直娇情不过，不就是睡不好觉吗？吃点氯硝西泮片就行了，住院，太小题大做。

人家还真是小题大做，把个医院住得颇有声势，而且再三要求秦嫂，任何来探视的人，都不得走进病房半步。

敢情，秦嫂的陪护只是个幌子，真正职责是给他当门神？

挡得一捶开，免得千锤来。

就为了睡个安稳觉，费这么大心机，秦嫂有点同情患者了。

可笑不是？

搁平时，患者哪够得着她来同情，人家可是高高在上的，偶尔会弯腰在镜头下做一个亲民的摆拍动作，都能感动好多围着他鞍前马后忙碌的人。

秦嫂虽然也忙碌，却不是鞍前马后的那种。

她忙着替患者挡驾，忙着替患者当家，忙着替患者睡不好觉，是的，常有处心积虑着半夜三更前来探视。

秦嫂一律是义正词严的。

陪护到一周的时候，患者终于能够入睡了，不是借助药物的那种入睡。

秦嫂很欣慰。

作为陪护，谁不愿患者早日康复呢，这里面有医生护士的功劳，同样有陪护人员的苦劳。

每每送患者出院，秦嫂都能在心头油然生出一丝成就感。

秦嫂的欣慰早了点，就在秦嫂站起身，打算出病房去舒缓一口气时，患者的呼吸突然出现了变化，一阵比一阵急促，还伴着梦呓，双手挥舞着，额头有虚汗渗出。

秦嫂一怔，赶紧叫医生，医生过来，悄悄观察一下，问，晚上吃得怎么样？

很欢实啊，秦嫂答，之前都没好好吃过一顿饭。

不会是裹食了吧？医生自言自语了一声，那会患者已经安稳下来，呼吸再度回归平静。

患者家属每天早上会按例过来作一番探望，秦嫂壮了胆，跟家属说，他这病，我有个偏方，准保一针下去，让他睡得安安稳稳的。

家属是个雍容华贵的妇人，眼神很轻蔑越过秦嫂头顶，偏方？我们是用偏方的人吗？

确实不是！秦嫂很羞愧，天天看电视，咋没记住大将不走小路，好剑不走偏锋一说。这可是国家三甲医院，用偏方，岂不是贻笑大方。

偏偏，贻笑大方的事出现了，家属走后，患者看着秦嫂，你确定能够一针治好。

秦嫂点头，治不好，陪护费我分文不要。

那你给我用偏方，记住，晚上治，不现任何人的眼。

当然不现任何人的眼，包括患者。

秦嫂是等患者睡沉时，轻轻从袖头拽下一根银针的，治裹食，是差不多每个乡下妇人都会的。乡下孩子野，野到山上胡乱摘野果子吃，能吃不能吃的东西吃多了，裹在心里，撑得难受，中指上扎一针，放出一滴黑血，准好。

秦嫂点燃一根蜡烛，把针在火上走了不下十个来回，患者还是睡得不踏实，噩梦连连的样子。

亮出针，秦嫂拿手攥住患者左手，大拇指顶上患者中指上的节环，瞅准了，深吸一口气，猛一针扎了下去。

患者受疼，啊一声惊醒，左手拼命往外挣，边挣边说，别铐我，别铐我！

秦嫂收起针，轻描淡写说，你这是裹了食，放出血，就好了。

患者看着中指处渗出的那滴黑血，若有所悟。

秦嫂轻言慢语的，有些事，长疼不如短疼。要想心口顺畅，不该吃的东西就不要下嘴。

患者不看秦嫂，把中指含进嘴里，使劲吮吸那滴黑血。

第二天，患者家属黑着脸辞退秦嫂，极不情愿办了出院手续。

陪护费给了足足三倍之多，通过院长给的。

院长很不解，冲秦嫂嘀咕说，是不是你陪护期间出了偏差，惹得领导提前出了院，他说最低要治疗一个月的。

秦嫂看着袖头那根针，不说话，眼神亮闪闪的。

院长还在那儿唠叨，这领导也奇怪，出了院不回家保养身子，巴巴地跑巡视组去干啥？

◀ 排斥反应

怎么回事？这是护工跟患者家属对接时的习惯用语。

肝坏了！患者家属倒是毫不隐瞒。

动静蛮大啊？话顺着嘴边溜出来。

不得已，基因突变，免疫力下降，只好做肝脏移植。

一问一答间，患者的病情，家属的境遇，秦嫂便了然于心。

都说护工做久了，心肠会变得铁石，可这样的不得已还是让秦嫂唏嘘，接活时心里多了丝肉疼，不是为患者，是为患者家属，那个弱不禁风的眼镜女子。

换肝手术是成功的，这点秦嫂从不质疑医院的水平，她质疑的是这个弱女子扛得住那么大的压力不，来自精神上和经济上的。

女子是敏感的，秦嫂的唏嘘她明显感受到了，放心，陪护钱不会少您一分。

不是钱的事！秦嫂嘴巴嚅动着，这个解释太苍白，不是钱的事，还能是什么的事。秦嫂其实想告诉女子，全球首例肝移植自

1963 年手术成功到今天，六十年过去了，人体中的排斥反应这一关依然没能圆满解决。

想一想，这样的善意提醒，对女子来说未免过于残忍，秦嫂便紧紧咬住了嘴唇。

患者的大哥，丝毫不掩饰自己对秦嫂的排斥。

请什么陪护，瞎花钱！

女人遭了埋怨，却不还嘴，冲大哥好言相劝，多个人，可以减轻点负担！

钱的负担能减轻？大哥脸色愠着。

女人下唇咬出一排白印，这钱不在您账上算。

你说的啊，别到时候不认账！

到时候，到什么时候？秦嫂心里嘀咕一下，不吭声，说你们都休息去，这儿我守着。

你能行？大哥眼光写满怀疑。

秦嫂笑，这家医院没哪个科说我不行的。

话一点都不带夸耀成分，秦嫂是医院口碑最好的护工，哪个科室的医生护士有熟人需要请陪护，都第一时间找秦嫂。

患者闭着眼睛，大哥跟自己爱人的对话，他听着，却没参与的意思，连个眼神都懒得支援一下女子。

秦嫂不需要任何人的支援，做陪护，于别人或许是挣钱的一门手段，于秦嫂，是对患者施以援手呢。援手自然得交心，跟患者，跟家属。

两天过去，患者依然没跟秦嫂交心的意思，倒是大哥抢着跟秦嫂交心了。

就是人财两空，我都得给弟弟治病，不然……

不然什么？秦嫂不敢往下琢磨。

女子很年轻，如果不是男人摊上这场病症，脸上应该是花月正春风，是的，女子尽管憔悴，依然经得起任何挑剔眼光的打量。

咱们穷家小户，就不该娶城里媳妇！大哥口气愤愤地，把肝都熬坏了吧。

得病居然跟城里媳妇有什么相干，这不是丝瓜藤子扯到南瓜藤子上了吗？秦嫂不解。

大哥把嘴巴凑近秦嫂，秦嫂往后一躲，事无不可对人言，干嘛这么鬼祟。

大哥表情鬼祟着，你想啊，如果不是娶了城里媳妇，我兄弟会不分昼夜卖命工作，买房买车供她享受？

秦嫂好笑，念的什么歪经，刚要反驳，大哥拍着自己胸膛，你看我，肝脏好得不像话。大哥的肝脏好得的确不像话。

还指望兄弟给我养老的，这下没戏了！

依靠兄弟养老？

我供他读大学，他不该养我老？大哥唾沫横飞着。

女子是眼泪横飞着跟秦嫂抖露的底，前期手术费四十万，都是娘家借的。后期治疗费用，还得四十万保底，她打算卖房子。

偏偏，大哥不同意。

你卖房子，大哥凭什么不同意？秦嫂奇怪。

留着他日后进城养老住啊！女人苦笑，房子不卖，即便他兄弟有个三长两短，也有他一份。

有这么混账的说法？

还就有！这混账说法居然从男人嘴里滑出来，秦嫂无意中听见的。

那是手术后肝脏出现排斥反应的第一天，男人蜡黄着脸对大哥说，让她再找娘家想办法？

刚割了一刀，还能想什么办法，大哥问。

她是公务员身份，可以银行贷款，一次五万，五年内免息，她哥哥在银行上班，办起来快捷方便。

然后呢？

然后这笔钱你拿着走人，我这病，估计够呛，犯不着再投钱进去了！

房子呢？

房子我想过，她即便再找一个，房子照样会留给孩子。

这么肯定？

宁死当官的爹，不死叫花子娘，她再亏都不会亏孩子！男人脸上露出得色。

秦嫂去找女人辞工时，女人脸上正露出得色，正要找你付工钱呢。

你这钱，贷款来的吧？秦嫂冷着脸。

你怎么知道？女子一怔，我哥哥帮我找了几家银行贷的。

你男人的病，我建议不要再花钱在那些抗排斥药物上了！

什么意思？女人不明就里。

人是坏的呗！秦嫂很郑重其事，根据我这么多年的陪护经验，人一旦坏了，再好的肝源移植过来，都于事无补。

人是坏的？说谁呢？

秦嫂不说话，只把嘴巴往病房里，动静很大地努了一下。

◀ 老物件

这些陪护，看着低眉顺眼的，背后可会阴人了！

大媳妇跟小媳妇咬耳朵时，故意把眼角余光瞟向秦嫂。

秦嫂装聋的本事有，作哑的习惯却没有。

护士那会正给老太太挂针，秦嫂手上配合着，嘴里却不闲着，那些水果和营养品，你们走时记得带上！

大媳妇脸色有点难看，她确实惦记着那些水果，在心里。

小媳妇鼻子嗤出一股气来，这么晦气的东西，带回去膈应人啊，我不带！

确实晦气，以秦嫂的护理经验，这个老太太熬不过三天。

大媳妇顿时没了下手的底气，她可以在小媳妇面前不要面子，陪护面前，主家的气势不能低。

看着老太太艰难地闭上眼睛，大媳妇掏出手机。

干吗呢？秦嫂疑惑。

小媳妇不疑惑，心有灵犀般掏出手机，不同的是，一个拍照，一个录视频。

拍完，两人眼神一对视，仰头出门，那意思很明显，老太太就托付给秦嫂了。

照顾弥留病人的话，两个媳妇是懒得交代了，有钱，变相地交代了一切。她们都担心老太太去世时最后一口脏气，喷到自己身上。

看着那些水果，秦嫂真的犯了膈应，想了想，她觉得应该跟大媳妇私下沟通沟通，小媳妇那副凛然不可近的样子，秦嫂犯怵。

一念及此，秦嫂去翻大媳妇微信，人家说得很近人情，有事微信联系，免得秦嫂浪费电话费，说白了，不想以后跟秦嫂有什么瓜葛，留电话自然不够明智。

没承想，朋友圈提示大媳妇小媳妇都有新动态。

大媳妇的朋友圈中，水果营养品全部入镜，老太太没有入镜，病床当头的病号卡拍得很醒目，庞贝病。

配图文字倒是蛮有意思，世人慌慌张张，不过图碎银几两。偏偏这碎银几两，能解世间万种慌张。

警示秦嫂呢，可笑！

想着两个媳妇把老太太送到病房慌慌张张的样子，秦嫂忍不住摇头，口口声声不是说钱不是事吗？

摇头瞬间，小媳妇朋友圈的视频被点开，画面中，一条扎着针的胳膊倏忽而过，镜头给了一个特写，是老太太的手。

老太太全身也就一双手可圈可点，庞贝病，脊柱侧弯，肌肉萎缩，病了几十年，能够活到今天实属不易。

老太太显然是有家底的，记得护士给她打针时，嫌她腕上的玉镯碍手，想要取下，大媳妇不阴不阳说了句，取不得，那可是老物件。

能够被称为老物件的，都是值钱货。

想到这，秦嫂心里一激灵，再看小媳妇的视频，镜头特写哪是手啊，分明是玉镯。

留图为证呢，这是，敢情人家在玩背后阴人的把戏。

秦嫂心里冷笑，仔细点开大媳妇拍的病号卡图片，果不其然，玉镯在边角处玩犹抱琵琶半遮面。

老太太倒是不遮脸面，跟秦嫂喘着气说，儿待爹娘扁担长，我现在算是信了。

秦嫂宽慰，男人都忙事业，这不是让媳妇来了吗，他们来能干啥，帮您洗漱都不方便。

老太太不说话，紧闭着嘴巴，呜咽着，有泪花从眼角漫出来，号啕大哭这个成语，不再属于她。

秦嫂知道，老太太弥留之际，想儿子给自己洗把澡呢，小地方的规矩，能够让儿子给老人洗干净上路，过了奈何桥可以不喝迷魂汤，到下辈子还记得儿子。

真想让他们来给您洗澡？

老太太眼皮抖动起来，很剧烈。

秦嫂正给老太太按摩肩膀的手停下，那肩膀，都瘦成螳螂的肩背了，让人想起雪压霜欺的枯枝，没准你就在你手指劲头大那么一丁点，就听见咔嚓一声脆响。

打开手机，秦嫂学两个媳妇拍照，录视频。

拍完，秦嫂破天荒地发了两个朋友圈。

一组照片的，一个视频的。

配图文字都一样，世人慌慌张张，不过图碎银几两。偏偏这碎银几两，能解世间万种慌张。

朋友圈发出不久，慌慌张张赶到病床前的，是两个儿子。

大儿子冲进病房，第一时间是看柜上的水果营养品。

小儿子倒是慢条斯理的，伸手探老太太的鼻息，还揉了揉老太太的肩膀，末了，顺着老太太的手臂往下揉，直到手腕。

手腕处空空如也！

大儿子黑着脸，看秦嫂。

小儿子寒着眼，看秦嫂。

秦嫂装糊涂，说你们来了正好，搭把手，给老人家洗个澡，就是上路，也显得干干净净不是。

大媳妇背后插嘴了，你那手，能把老人家洗得干干净净，我才不信呢。

秦嫂好脾气地一笑，是吧，那让我帮你们搭把手，看你们怎么把老人家洗得干干净净的？

两个儿子被挤兑得没了退路，只好亲自给老太太洗澡，看着老太太干尸一样的身体，两个儿子洗着洗着，想起娘对自己的千般好来，眼泪开始肆无忌惮掉在娘的身上。

闪闪泪光中，秦嫂掏出那个玉镯，递给两个媳妇，说老人家交代了，老物件，要代代传下去的。

就一个玉镯，怎么传，传给谁？

两个媳妇你看着我，我盯着你。

秦嫂叹口气，真正的老物件，不是玉镯。

那是啥？

自己想！

秦嫂说自己想这三个字时，脸色很阴很阴，稍微一拧，能滴出水的模样。

◀ 复活按钮

跟患者杠上，与秦嫂来说，是第一次。

怎么说，顾客都是上帝，患者，这种特殊的顾客，对秦嫂这种医院做陪护的特殊服务人群来说，是上帝的上帝。

应该跪式服务才对，偏偏，秦嫂不仅没跪，还把腰板挺得直直的。

凭力气挣钱，干嘛跪舔，就男儿膝下有黄金，女人膝下就啥都没了？有本事老天爷不给咱生一对膝盖，这么说时，秦嫂特意把膝盖往上提了提。

患者的膝盖，眼下别说想往上提，就是想往下跪，都没了可能。

车祸，截肢。患者手术后醒来，习惯性伸手去摸裤兜的手机，一摸，摸个空，再摸，裤管空荡荡的，麻药过劲的患者这会脑子才缓过劲来。

跟着，脑袋就面向了暗壁，真正是千唤不一回了。

秦嫂伸手拦住心有不甘的家属，严格说，家属一词，按在女孩身上，有点为时尚早，两人，只是订了婚，车祸，是在去领结婚证的路上发生的。

老天爷就是这么任性。

干嘛将就他！秦嫂那嗓门，不像是陪护在跟家属交流，更像是母亲在教训女儿，天灾人祸，是你能将就的？

女孩正要辩解，见秦嫂直挤眼，心里虽疑惑，脚步还是移出了病房，秦嫂那意思，是要跟她借一步说话呢。

病房门被带上，秦嫂腔调温婉了许多，他这会，心死了八百回，你说再多的话，等于白说。

那咋办？

凉拌！

凉拌？女孩不解。

把他人先凉下来，反正他的心已凉了！秦嫂一副老谋深算的样子。

会出人命的！女孩一惊。

你以为他这会命在身上？秦嫂杠上了，听我的，保证还给你一个膝下有黄金的男人。

女孩将信将疑离开医院。

记住，一个月不要现他的眼！秦嫂再三叮咛。

患者是头面向暗壁第三天，开始偷偷用眼角余光扫描周边情景的，目力所及之处，除了秦嫂，还是秦嫂，医生护士来的时间都很固定，只有秦嫂无处不在。

秦嫂知道他扫描什么，不说破，故意摸着他裤管，叹气，再叹气。

患者恼了，你叹气啥，正好合你意，可以挣一笔长久的陪护钱。

这都被你看出来了？秦嫂做出开杠表情，老天爷饿不死瞎家雀，说的就是我呗。

患者被活活噎住，天底下还真没有你们做陪护不敢挣的钱啊，说这种话，不怕遭雷打。

秦嫂轻轻把患者的空裤管掖在被子里面，雷才不打死过一回的人。

死过一回的人？患者呆若木鸡了。

我男人，高位瘫痪，一根绳子结果了自己……我心死过一百回了。

那会你在干嘛？

我在做陪护，准备挣笔钱给他买辆电动轮椅，可以让他自己出去，看看世界。

干嘛非得电动的，一个手推轮椅，同样可以看世界！患者不屑于秦嫂的浅薄见识。

不一样的，秦嫂喉咙响了一下，别小看轮椅上那个按钮，它能让我男人复活。

患者一怔，一个按钮，复活一个人，你以为黑科技呢。

黑科技秦嫂显然不懂，一个乡下妇女只晓得，是男人，绝不会心甘情愿活在女人的庇护下。

患者颔首，这倒是。

可你们男人未必晓得，是女人，都能够死心塌地为男人做出牺牲！秦嫂撇嘴。

你这话，以点带面了！男人嘴角浮出讥讽。

讥讽好，远比没有表情好。

秦嫂知道患者心里带情绪了，为女孩的无影无踪。

却不好发作，是他自己赶走女孩的，很大义凛然，怕拖累女孩。

秦嫂不接话，低头摆弄手机，看男人在世时留下的照片。

患者悄悄掏出手机，秦嫂不用窥视就知道，他在看女孩的照片。

秦嫂不动声色打开录像功能，拍下一段视频，借上护士站为名，发给女孩。

女孩发过来一个流泪的表情。秦嫂相信，女孩流出的眼泪不会比患者少。

做完你这个活，我在想，还要不要继续干陪护！秦嫂说出这番话时，患者已经开始摔东西发脾气了。

为女孩的不辞而别。

微信电话都联系不上女孩，患者开始心底发虚。

到了该做了断的时候，秦嫂以为。

钱挣够了？患者眼神写满愤懑。

不是钱的问题，秦嫂笑一下，你压根不是能够心甘情愿活在女人庇护下的人。

患者吓一跳，你怎么发现的。

诚然，患者已经开始为自己下一步做打算了，没腿不怕，可以装义肢，这点经济能力他能承受，把婚房出售就行。

我手里有复活你的按钮啊！秦嫂得意地笑。

什么意思？患者懵了，还按钮，还复活。

秦嫂努嘴，病房门开处，女孩手捧鲜花走了进来。

患者脸色大变，刚要转身向暗壁，女孩一把扳过他的肩头，别以为我真的是来复活你的！

那你是？

医院这个地方，我待得比你们久，可能看得比你们更透，秦嫂突然插了话，医院最终的功能不是让我们最爱的人复活，或者活得更久。

那是什么？患者很奇怪，做陪护居然能够这么杠完患者再杠医院，太少见。

秦嫂还真就杠上了，医院是考验我们能不能够心安理得地接受最爱的人悄悄离开。

话没说完，女孩已经紧紧拥抱住了患者。

那一刻，秦嫂相信，不管膝下有没有黄金，患者潜意识下已经跪在女孩的面前。

◀ 有性无格

多少犟驴都见过，还怕个犟人？秦嫂大包大揽的口气，放心，人交给我，没有不乖乖听话的。

一个医院的陪护，把话说这么满，借用清代彭端淑《为学》一文里，蜀之鄙二僧中富者质疑贫者欲往南海的话，子何恃而往？

不屑藏在患者心里，之所以没出口，是她懒得跟乡下妇女一般见识。

秦嫂是乡下妇女无疑，从穿着，到谈吐，都招招摇摇展示着。

包括她的大嗓门，分明是说患者坏话呢，竟然不晓得背一下人，什么格局。

秦嫂巴不得患者听见，挑衅的架势很明显。

患者的斗志彻底被激起来，倒要看看谁犟得过谁。

偏偏，病房门砰地被带上，男人被秦嫂三两下推搡出去，整个病房，陡然安静下来，死一般寂静。

不对，死是不寂静的，患者见过很多死亡场景，都闹哄哄地。

亲人的悲恸，朋友的劝慰，不相干人的惋惜，等等，不一而足。

患者身体忽然就哆嗦了一下，冷的。

她都攒足了劲，要跟秦嫂叫板呢。秦嫂却挂起了免战牌。

患者明天就要接受化疗，这个接受，是被动的，患者本人，对化疗是抵触的。

作为一个爱美的女人，化疗手术，跟岁月那把杀猪刀相比，典型的老巫 KO 小巫。

缘于此，男人把女人身边能够照见容颜的东西全部清空。

如果可以，男人恨不得把自己眼睛给从女人目光中清空。

秦嫂看不下去了，说瞧你把人惯的。

女人不乐意了，他这辈子，生的就是惯我的命，他一家人，靠我呢。

秦嫂还没接上话呢，女人手一指男人鼻子，满你爸妈的心了吧，他们不是天天咒我死吗？

怎么会？男人满脸委屈。

怎么不会，假惺惺做了饭给送来，看我笑话当我不知道，你给我滚，这饭谁劝我都不吃！

不吃饭，明天化疗出来哪有力气走路呢？男人苦了脸，唯唯诺诺退出病房。

秦嫂不苦脸，在病房外同男人和父母家长里短扯闲篇，直到他们身影消失在电梯里。

夜色一点一点洒落，病房里暗了许多。

女人一肚子气无处发泄，开始折腾病床，咯吱，咯吱！

秦嫂充耳不闻。

女人终于忍不住，摁了呼叫器，秦嫂先护士一步冲进来，咋了？

女人眼神横过去，咋了不咋了，关你什么事？

不关我事啊，那太好了！秦嫂吁气，拍胸，我还怕你有个三长两短，做个饿死鬼，那就亏大了。

让你失望了，我没寻死觅活的念头！女人从鼻子嗤出一口气。

都绝食的人，还没寻死觅活的念头？秦嫂打眼神里露出嘲讽。

我乐意！女人眼里燃起火苗。

我更乐意！秦嫂脸上浮起微笑。

女人恼了，有你这么做陪护的吗？还有点同情心不？

秦嫂不恼，有你这么样的患者，为国家节约粮食，是义举，我举双手赞成，难道有错？

女人气昏了头，说你给我滚！

秦嫂头脑很清醒，伸出手。

干嘛？

给我结算工资啊，我可是你家男人花钱请来的。

请神容易送神难，女人气冲冲抓起手机，拨出一串号码，冲那边吼，你马上给我送钱过来，把这个瘟神送走！

秦嫂是在电梯口迎上男人的，男人真的就带了钱包，看着两手空空的男人，秦嫂恨铁不成钢摇摇头，点一份外卖先！

男人说给你钱出去吃，点什么外卖？

你当我想吃，是你女人想吃了！

钱，秦嫂一分没要。我是看不过她那样作妖，才以陪护为名，帮你一把的，做化疗，心态一定要好。

秦嫂的心态，不是一般的好。

医院不大，女人化疗期间，但凡跟秦嫂狭路相逢，女人就一副勇者胜的神态，头高高仰成一座山。

秦嫂没高不可攀的感觉，秦嫂晓得，真正被压在这座山下的，是男人。

瞅准出院的日子，秦嫂到底又见了女人。

女人头上光秃秃的，化疗引起的反应。

男人办出院手续去了，秦嫂大大咧咧走到女人面前，硬邦邦地，对你家人，好点。

关你什么事？

确实不关我事！

对家人好不好，看我乐意不乐意！

这个只怕由不得你不乐意！

我就这性格，你能怎么的？

秦嫂说你糟蹋性格两个字了，在我看来，你是有性无格。

有性无格？女人一怔。

性是性，格是格，性是秉性，或者是长期生活习惯中带来的脾气，也就是我们经常说的本性难移。

女人嘴巴张成O形，秦嫂视而不见，格是从小学习来的规则，礼仪，法律，和原则。作为一个人，既要有性，又要有格，二者谁都不能缺失。

你意思我没有格局？

有没有格局跟我不相干，我只想这个病，会让你本性移下位置！秦嫂说完，迎着一对老人走了过去，两老手里，拿个一个假的头套，正犹豫着要不要向女人走过去。

秦嫂眼角余光看见，女人悄悄把头低下，移步走向那对老人，很乖巧地接过头套，端端正正戴在头上。

陪护，还真的是门跟情感有关的学问呢。

抬头，秦嫂眼光爬上住院部五楼的一扇窗户，有人正冲她比画出 OK 的手势，是她护理的那个教授，一个非得犟着教导她把陪护要做得有性有格的情感专家。

◀ 谁还不是高人

拍好了？

拍好了！

秦嫂把头凑过去，我瞅瞅！

不在我手机里，小兰手中医用托盘转个方向，指向病房。

秦嫂轻车熟路进去，拍好了？

患者家属喜滋滋点头，拍好了！

不等秦嫂说我瞅瞅，家属已经把手机递过来，您是高人，给把把关。

做陪护这么多年，秦嫂第一次被患者家属称为高人，心气劲顿时上来，就把关，很认真，一丝不苟看照片。

照片上的护士小兰笑得很甜，平时小兰都这么笑，之所以秦嫂觉得小兰笑得跟平日不一样，是带着观点的，怎么说，这个笑容背后，有她的一份功劳。

患者的病根在腿上，骨折，加上淤血，进医院时又累又饿，低血糖发作。男人一看就是伸手不沾阳春水的主，吆五喝六没问题，动手动脚不咋地。

护士小兰见状，二话不说，把自己晚餐准备的燕麦片，方便面送到了床头。

秦嫂见怪不怪，患者家属感激得拿着钱追了小兰好几个病房。

自然是送不出去的。

家属给的钱，过于超值，小兰要拿了钱，无疑给自己行为蒙了羞。

传到护士长那儿，了得？

秦嫂医院做陪护久了，三六九等人还是瞧得出的，她把男人拦住，怎么说您都是个体面人，咋非得把事往不体面上做呢？

受人滴水之恩，当涌泉相报啊，男人不解，我这么做咋不体面了？

秦嫂摇头，您是体面了，人家小护士不体面啊，知道的说她体贴病人，医者仁心，不知情的说她收受红包，这不是陷人于不义吗，弄不好，人家饭碗丢了。

男人犹如醍醐灌顶，赶紧一拍脑门，咋忘了这茬，医院到处写着，对收受红包行为，零容忍呢。

怎么办，男人急得像热锅上的蚂蚁，在病房打圈圈，患者冲秦嫂招手，说大姐您在天天在医生护士圈里打滚，肯定晓得一点门道，我家这男人，可以欠人钱欠人命，唯独不愿欠人情。

必须的，一饭之恩必偿！男人接嘴。

秦嫂心里暗笑，那我就帮护士小兰来个睚眦之仇必报。

就在患者住进来的当天，科室搞年度优秀护士评选，小兰再一次榜上无名，整个科室的护士，都优秀过。

就是轮也轮到小兰名下了，偏偏，小兰再一次与优秀擦肩而过。

原因秦嫂清楚，小兰不愿跟护士长介绍的男孩谈朋友。

男欢女爱的事，讲究个你情我愿，你护士长喜欢捆绑人做夫妻，我秦嫂照样能给你护士长来个强按牛头，呛你喝一鼻子水。

要偿恩简单，就看您愿意费这个劲不？秦嫂慢条斯理的口吻。

什么劲？男人袖子一撸，总不至于要我下海捉鳖九天揽月。

您不是有熟人搞新闻的吗？

男人一怔，你咋晓得？秦嫂笑，那天您接电话，说现在进医院看病人麻烦，要做核酸检测，对方说这个简单，他是记者……

您意思，让电视台来采访小护士？男人挠头，这么小的事，上新闻，小题大做了吧。

谁现在有心事看新闻，都看手机，您懂的，不过是变通一下就行。

变通，怎么变通？男人不解。

现在不是都玩微信吗，让您朋友写个东西，网站上一发，再微信上一转，不就尽人皆知了。

这倒是！男人立马打电话给记者朋友。

好人好事，宣传正能量，社会太需要这个了。

好人好事必须有图为证，小兰端着托盘的照片就新鲜出炉在秦嫂眼前。

借一步说话

123

秦嫂是真瞅，瞅着瞅着说不对。

男人吓一跳，咋不对？

这托盘上的碘附瓶子没盖上，护士长见了，要扣小兰工资的。到底是专业陪护，连护士这些规则秦嫂都耳熟能详。

那不是帮倒忙了？男人赶紧打电话给朋友，记者朋友在那边笑，小事一桩，我P图时给弄上瓶盖就完事了。

男人刚要放下电话，朋友补上一句，最好补拍一张护士给患者病情详细检查的照片，更有感染力，记得给拍侧影啊，以免侵犯嫂子隐私权，这个得请高人拍摄。

这年头，但凡有个手机，拍摄起来谁还不是高人。

果不其然，男人咔咔咔一通连拍，硬是拍摄出一张患者本人都认不出是谁的照片。

一篇《骨科好护士，真情暖患者》的文章，就这么商量登上本地最大的网站。

点赞，回复，转发，一瞬间滚雪球般霸了屏，比新冠疫情期间的病毒传播都要快好几倍。

好事，更能传千里的。

医院宣传科找到护士长时，护士长还云里雾里，科室小护士转发时都屏蔽了她。

半天时间，阅读转发超过三万，如此好的护士，居然从没被科室表扬过，太疏忽了，宣传科是做补救工作来的。

秦嫂看见，医院大屏幕当晚滚动播出的画面上，小兰值班室专柜里，装满了各类营养品，泡面。

这片子拍的，太低级了，乍一见，哪像护士值班室，更像是流浪汉收容站。

秦嫂感叹。

电视画面里的小兰，反而没了平时的高大，端着托盘的身子，比平时矮了整整三分。

◀ 难为人

你就是不相信我的为人，你也得相信老爷子这条腿吧！患者儿子很自豪掀开被单。

那是怎么样的一条腿啊！露压风欺过的干枯树枝什么样，那腿就什么样，肯定是有不凡履历的一条腿，不然，患者儿子不会拿腿来说事。

秦嫂不作声，轻轻把被单给盖上，把伤口露外面，是大忌，做陪护这么多年，秦嫂懂的护理常识，堪比任何一个护士。

钱，对秦嫂来说，不过是一种工作上的肯定，或认可。

活刚接上手，患者家属主动谈钱，在秦嫂看来为时尚早。

但凡抛出这个话头的人，恰好是兜里缺钱。

看破不说破，秦嫂迅速进入角色，给病人归置一切，医生护士那边都熟，只一个眼神，大家都明白秦嫂的诉求。

让医生护士和秦嫂不明白的，是患者儿子的诉求。

患者七十有一了，老话怎么说，七十三八十四，阎王不叫自已去。患者是骑着摩托车老寒腿发作不慎摔倒的，这意外出得实在是不尴不尬，患者左腿胫骨被摩托车压断，左脚颈部压成粉碎性骨折，想找个出气的地方都没有。

患者儿子那语气，铁定有人买单似的，不是秦嫂看人下菜，患者儿子那穿戴，不是请得起陪护的人。

公鸡不屙尿，自有出水的窍，难不成，还有什么门道？

还真有！

患者儿子一脸笃定的神情，我父亲，参试老兵呢！

老爷子是参加过核试验的老兵。在青海海晏县海拔 5600 多米高的祁连山上，成为一名光荣的空军雷达兵，担负中国第一个核武器试验基地的防空保卫任务。

在人迹罕至、寒冷缺氧，甚至还有核辐射危害的雪域高原，老爷子爬冰卧雪、忠诚履行防空使命，面对严峻形势、复杂考验和恶劣条件，眼睛患了高原雪盲症，身体遭受了核辐射。周总理视察这支部队后曾说，你们就是天天在这里睡大觉，也是共和国功臣。

患者儿子言下之意秦嫂明白，老爷子这会在医院躺上三五个月，国家都应该买单。

医保局的局长，欠我一条命呢！患者儿子冲秦嫂再度甩嘴，就凭着这两宗，你觉得我会黑了你陪护费？

潜台词是，退役军人事务局，医保局两家会给老爷子费用买单。

秦嫂不吭声，很细心替老爷子擦洗身体，并给老人一双腿，轻柔地按摩。

儿子洋洋自得说这些时，老爷子把个头伸向墙壁，一言不发。

做人怎么可以这么没脸没皮，什么事都找国家伸手，叫我怎么在世上活人！听得儿子脚步声走远，老爷子眼窝里的泪滚落下来。

医保局局长是伴随着患者儿子的叫嚷声进来的，根据我市基本医疗保险意外伤害管理试行办法的通知中第五条第四项规定：酒后驾驶、无有效证件驾驶等违反道路交通安全法导致的交通事故伤害，不纳入医保支付范围。

我救你家老太太出火海时，你口口声声说要报答，如今是让国家拿钱，又不是要你掏自己腰包！

救人，出火海？秦嫂一怔。

老爷子狠狠瞪一眼儿子，消防兵不就是干这个的吗？

局长用眼神摁住老爷子作势欲起的身子，从口袋里掏出一千元，一点心意，您先用着。

那点心意被患者儿子恶狠狠捞起，砸在地上，打发叫花子呢。

秦嫂蹲下身子，一张一张把钱捡起来，折叠整齐，攥手里，把局长推搡出去，再回来时，秦嫂脸色变了样，一字一顿冲患者儿子说，咱们乡下有句老话，野狗不咬屙屎的，当官不打送礼的，你刚才，过分了！

过什么分，一千元能顶什么用，我家老爷子这病，不上万下不来手术台。

你只想他人下得了手术台，你想过他脸面能下得来台吗？亏你好意思把老爷子往事拿出来进行道德绑架。

我那是道德绑架？

你以为呢，秦嫂叹口气，为人处世这点上，你跟老爷子半点都没学到。

你学到了，教我啊！患者儿子不服气了，喜欢占领道德高地是吧，有本事你护理费不找我出气。

秦嫂说我还真得教你学一学怎么为人处世，她把老爷子身子向墙壁翻过去，一边按摩老爷子红肿麻木的一双腿一边说，力气去了有来的，能给共和国功臣当义工，是我八辈子修来的福气。

当义工，患者儿子傻了眼，护理费秦嫂不找自己出气了。

更让他瞠目结舌的，是老爷子睡着后，秦嫂居然从兜里掏啊掏，掏出一张银行卡来，丢在了自己面前，一万元，够老爷子下手术台了吧。

患者儿子没去接，他气鼓鼓往病房外走，有你这么难为人的吗，那是我爹，用你钱给他上手术台，我这脸还能下台？拜托你搞清楚行不！

秦嫂这回唯一能搞清楚的是，她第一次戴上红领巾听英模报告，台上那位退伍老兵，露出的就是这样一双爬冰卧雪的老寒腿。

当时她就发下泼天大愿，有机会轻轻抚摸一下那双老寒腿。

为人最大的幸福，不就是天遂人愿？

◀ 贵人运

多忘事的一定是贵人？未必！

秦嫂眼角余光都认出那个刚经自己手端屎端尿好脱体出院不到三天的人了。那人却像眼睛没好脱体似的，直不愣瞪走了过去。

迎面相逢呢，秦嫂嘴巴张成O形，半天没收拢。

肯定叫强光刺的！秦嫂在心里给自己解空。

夜晚的街面，确实有强光自身后射来，明知道光不会刺伤人，秦嫂还是下意识地扭一下脖子，正好避开那个人的脸。

扭的力度或许猛了，有咔嚓一声响在耳朵里炸开。

是幻听！出现这症状有日子了。应该是那人住院时落下的病根。

一个女人，屎尿都失禁了，还眼神凌厉地盯着进出病房的人。能够进入这个病房的人，可以用无几来形容，除了医生和护士，就是秦嫂。

人家点名要外地的陪护，人家还强硬要求，不许任何人进来探视。

秦嫂就是这么被接到这个相邻的县城医院，女人对秦嫂不错，甚至还有点偏爱，这让秦嫂很不适应。

做陪护，伺候人的事，人家出钱，自己出力，属于两不相欠。

女人的那份偏爱，让秦嫂觉得欠了人情，端屎端尿这种事，于陪护来说，再正常不过，偏生每次秦嫂低下身子端便盆时，女人都会低着声气说一声，大姐，难为您了！

被病人用上您，让秦嫂很长脸。平时由着患者呼来喝去的，女人陡然一客气，秦嫂反倒手脚无措，习惯性拿手在衣服上面蹭。

这一蹭，女人误会了，劳您受脏了。

秦嫂赶紧摆手，哪能呢。

说不脏，太假，秦嫂干脆不说话了，屏声静气干活路。

别以为做陪护活路不多，就是负责病人一日三餐，喊护士换药什么的。病房不大，但一宗一宗的事不少，主要看陪护眼里有活不。

秦嫂是那种眼里有活，手里有活的人。

病人水杯每天一清洗，毛巾每天拿到阳光下暴晒，衣服一天一换，尽管有尿不湿兜着屎尿，可气味兜不住啊，钻衣服纤维中，必须清洗才能除味。

走贵人运了，我这是，住医院了还能这么讲究！女人冲秦嫂这么褒奖。

女人很吝啬自己的语言，一次褒奖，足够了！

向来认为自己命贱的秦嫂那些天走路都带着风的。

或许真如女人所言，走了贵人运，更多的应该是药物起了作用，没多久，女人病情开始出现好转，屎尿失禁的次数越来越少。

哪天好脱体了，我一定好好感谢您，就算我爹娘在世，只怕也没这份仔细照顾我！女人说的大实话，就算是她爹娘在，想要照顾女人这么仔细，只怕是心有余而力不足。

再者说，陪护大小是门手艺活，学问深着。

宋丹丹小品《钟点工》里有段台词，秦嫂特别喜欢，我们的工作往大了说叫家政服务，往小了说叫钟点工，在国外叫赛考类计斯特（Psychologist），翻译成中文是心理医生。

做陪护在国外叫什么，秦嫂没研究，秦嫂操心的是，怎么让患者心理没有负担。比如说眼前这个女人，每次秦嫂帮她拉撒时神色都极不自然。

要说感谢，是我感谢你才对，秦嫂眼光从病房窗户望出去，要没陪护你这份收入，我家孙子纸尿裤的钱还真没地方出气。

秦嫂这话，半真半假，孙子确实还在用纸尿裤的阶段，但家里不至于穷到连纸尿裤都买不起的地步。

见女人神色放松了拉撒，秦嫂跟着来了一句，我要在家，天天干的还是这个端屎端尿的活，累死累活还讨不上一声谢谢。

小地方的规矩，孙子是爹爹婆婆的活路，天经地义。

所以说啊，谁是谁的贵人，瞎子都看得清的事。

如今，秦嫂还没瞎，却看不清女人的路数了。躲过那强光，秦嫂听见背后有车门哐当作响，肯定是女人坐进了轿车。出院那会，女人坐进轿车后，车门也是这么哐当作响的。

强光没了，秦嫂快快回家，孙子在家等着自己伺候呢。

做陪护是来钱，可孙子比钱更重要，这是儿媳妇的原话。儿媳妇年轻，年轻人爱讲究，屎里尿里弄了孩子几次，总觉得衣服上屎尿味不断的儿媳妇跟秦嫂电话中有了争执。

陪护这个活路，应该做上头了。这么感叹着，秦嫂进了家门。

不对啊，儿媳妇看自己神色，居然是抑制不住的欢喜，有点百思不得其解了。

给秦嫂解惑的是儿子，儿子说娘我们走贵人运了呢。

贵人运？

对啊，人家帮我们安排工作了，工资待遇不低。

人家是哪个人家，儿子媳妇不认识，秦嫂也不熟悉。

打电话问过去，人家只说是受朋友之托。

再问，人家电话中撂下一句话，走个贵人运，问那么多干嘛？

百无聊赖在家哄孙子的秦嫂，再一次看见女人，是在电视新闻上，女人一副特别讲究的样子。

这人，我陪护过！刚要喊出声，女人凌厉的眼神从荧屏上刺出来，秦嫂下意识一扭脖子，嘴巴张成 O 形，半天没收拢，有咔嚓声在耳边炸开。

这次，绝对不是幻听。

◀ 训 人

做陪护，被人训，是常事！

医生护士口气重一点，不叫训，顶多叫埋怨，毕竟，陪护拿的钱，不在医生护士账上算。笑脸却得给一个，惹恼了医生护士，可以让你这碗饭吃不安稳，这也是事实。

患者家属请陪护，多数通过医生护士找寻那些知根知底的人做陪护，缘于此，陪护和医生护士关系都不错，鱼和水的那种。

陪护和患者家属的关系，则很微妙，偶尔是鱼和水，更多时水与火，挨训，难免成了常态。没办法，端人碗，受人管，吃人腌菜，受人编排。

秦嫂性格好，挨训就挨训，少不了身上一块肉，工钱一分不少就行，秦嫂不在乎患者家属怎么编排自己。

能怎么编排呢，不过是急火攻心说几句气头话，家里有病人，谁都不能处之泰然，哪怕你身居高位，哪怕你金银满山。

秦嫂这次接的活，跟身居高位和金银满山都有点相干。

患者脑萎缩，智商从六十多岁垂直下滑至不到六岁，曾经活得多么硬气的一个老太太，眼下拉屎拉尿都成了软肋。儿子经商有方，钱不少挣，请秦嫂时，话很得体，老太太伺候得好，一切都好说。

还有半截话以旁白形式出现，伺候不好，自有不好的讲头。

秦嫂不言语，把事做得体，是陪护的本分，说伺候，把人看贱了。

殊不知，这世上的人，认知就是这么浅显。

老太太的儿子，天真地以为，只要花了大钱，他的娘，就一定能够再次硬气起来。

患者的不硬气，是明显的，不到六岁的智商，倒是好办，哄着就是，问题在于，患者还伴有不到六岁的熊孩子脾气。这次入院，是跟卫生间的马桶干上了，那个时代的孩子，大小便都是蹲坑，老太太晚间起夜，进了卫生间，直通通往下蹲，屁股被马桶撞个趔趄，一怒之下，脚便踹了上去，老胳膊老腿的，玩鸡蛋碰石头的把戏。结果是咔嚓一响，人，便倒在地上，撒起泼来。

撒泼的结果，是身子赖在医院病床上，下半身动弹不得，端屎、端尿、擦身、洗脸、洗脚、喂饭、喂水。全指望秦嫂。

这不算啥，秦嫂指望老太太的钱，属于相看两不厌。

说不厌，只在秦嫂和患者，同病房的病友厌。老太太人来疯，但凡有人进来探视，会猛地弹开眼，把目光往来人身上射，口气豪横训示秦嫂，门不敲就进来，当我办公室菜园子门？

坐机关一辈子，老太太某些积习还硬朗着，在脑海中残存。

秦嫂赶在来人鼻子嗅出那股气之前，使眼色，拿眼神央求，示意对方噤声，然后轻言细语告知老太太，哪有的事，您听，门，敲着呢。

老太太侧耳，作认真倾听状，末了面露微笑，眼皮缓缓耷拉下来。

人老了，瞌睡不深，加上药水作用，老太太时刻处于半梦半醒状态。

工作习惯好解决，生活习惯呢，秦嫂为了大难，老太太胃口好，看见吃的都往嘴里塞。

再遇老太太的儿子大包小裹提了水果营养品，秦嫂的好言相劝搁他人耳朵变成了埋怨，你这是成心折腾老太太呢，吃得多拉得勤，医生让她要静养，少动弹。

最好是不动弹，你坐那屁股不抬就把钱挣了，怕折腾就别干这卖屁股的事。

好心提醒挨个训，秦嫂哑了口。

不到六岁智商的孩子，正是眼里饿的阶段，但凡有吃的东西入眼，就想着怎么入嘴，秦嫂不给，就哭，闹，拿手抓输液管。

秦嫂没了辙，人老，消化功能下降，老太太逮着水果一通乱吃，尿就成了问题。

端屎接尿，秦嫂轻车熟路，可对着支在两个大胯间的便盆尿，老太太一下子别扭起来，无论怎么使劲，都于事无补。

活人真要被尿憋死！老太太声音里带了哭腔。

秦嫂拨通老太太的儿子电话，打开免提，说老太太不好伺候呢。

怎么个不好伺候法？儿子话刚传递过来，老太太已经孩子气对着手机叫嚷起来，老师老师，我要尿尿！

要死了，老太太当在幼儿园呢。

我马上来！

等到所谓的马上来，老太太只怕早憋出了新的病症，秦嫂情急智生，冲病房的病友做出嘘声的手势，迅速退出病房，再进来时，手里多了根手杖，老太太正脸红脖子粗使劲，依然没半点尿意，膀胱鼓胀得，要破裂了。

张明焕，谁让你上课尿尿了，给我老老实实看黑板！秦嫂嗓子陡然炸响，跟着手杖哐当一声敲在门板上。

排排坐，吃果果！老太太吓一跳，条件反射般，端正身子，双手后背。

双腿打战的瞬间，哗啦，尿出来了。

尿臊味弥漫中，老太太的儿子冲了进来。

秦嫂神色惴惴的，你娘，不这么训斥着，尿不出来！

三句好话抵不上一嘴巴，敢情除了哄人，训人，也是伺候人的一种方式！满脸歉意中，秦嫂看见，老太太的儿子很不硬气地抹了一把自己眼睛。

◀ 我娘怕疼

晓得你翅膀硬了！

没你嘴硬！

女儿话没落地，人被秦嫂推到病房外，门关上，牢骚声不屈不挠钻进来，好心给你请陪护，还落个不孝的罪名，有本事指望儿子啊。

管我指望谁，反正不指望你！做娘的不甘示弱，对着门缝一通吼，秦嫂明明白白听见女儿的脚步声已经转弯下了楼梯，声音能转弯吗？真是的！

见秦嫂摇头，做娘的气犹未尽，指望她来陪护，不得活活把我气死！

这话有点矫情，能请到秦嫂做陪护，多少病人得羡慕死，秦嫂可是医院陪护大军中的金字招牌。

不是你花多少钱就能请到的，秦嫂认人不认钱。

秦嫂认死理，见做娘的骂完，习惯性伸手去揉眼睛，赶紧一把拦住，有病菌呢，会感染。

瞎了最好，眼不见心不烦！老大妈话虽狠，手却停在半空中。

做娘的病起在眼睛上，十年前落下的病根，结膜炎，很严重了，打针吃药点眼药水，效果微乎其微，再发展下去就成了青光眼，眼下需要做一个小手术，然后配一些激素住院观察用药。

母女俩讲狠，是为住院的事。

能不能不住院？开点药我回去自己调理？老大妈第三次跟负责诊断的眼科专家讨价还价时，女儿甩了脸色，开药能管用，人家吃饱了让你住院，疫情时期呢，对住院人员严格控制，瞎了看你儿子帮你疼还是你孙子帮你疼。

老大妈不想住院的理由是，儿子忙，孙子上学得自己接送。

反正不要你来疼！

你当我能疼到你名下去？心疼代替不了肉疼。女儿言下之意，老大妈心疼住院的费用，那比割肉还疼。

哪有到医院看病，只带百把元钱的，给外孙女买礼物都嫌不够。

女儿压根没让娘出住院费用的意思，只是被娘把话那么一说，堵住了心。

讲狠话谁不会？

狠话背后，秦嫂清楚，这会拿手揉眼睛的，该是女儿，请秦嫂时，在楼梯拐角处，女儿就不停地揉着眼睛。

那双眼睛，通红通红的，跟大白兔的眼睛有得一拼。

揉完眼睛，女儿还得好整以暇再去见眼科专家，两人是朋友。

能够请到秦嫂，是拜眼科专家所托，女儿的要求简单，嘴巴紧，懂护理，就行！

第一次听有人请陪护把嘴巴紧排第一位的，这期间肯定有不必为外人道也的苦衷。

秦嫂不把自己当外人。

却没探出个究竟。

人熟是个宝，手术的日期很快定了下来，专家亲自操刀，时间定在上午九点，第一台，专家每天上午两台手术。

稍微有点社会经验的人，都会抢第一台，毕竟专家呈现的是最佳精神状态。

第二台，人精气神肯定要松懈多了，古人打仗都晓得一鼓勇二鼓衰三鼓竭的道理，现代人更是明白个中缘由。

若非情不得已，没人愿意排在第二场做手术，饶是专家亲自操刀。

何况还提前进了手术室，眼睁睁看着专家给别人先一步操刀，得眼红到什么程度，不热泪横流都说不过去。

做娘的却没感到多大幸福，进手术室那会，除了陪护，居然没有亲人在场。

非常时期，任何患者身边都只允许一人陪护，这是原则性的问题。

做娘的心生怨恨了，女儿跟眼科专家关系那么好，张口求人进来那么一下，能多难？娘嘴硬，你做女儿的就非得铁石心肠？

有本事把娘家这条路给竖起来。

娘这么想着，眼泪不争气流出来，还有几天，女儿生日呢。

娘一直不大记得女儿生日，嫁出去后，更不在自己操心范畴了，这会记得，是因为设身处地了。

四十年前，娘在这个医院生的女儿。

母在不庆生！

每每有人问女儿咋从不过生日时，她都这么给搪塞过去。

她是巴不得自己死吧，偏不死，不光不死，做娘的还要拿一双眼睛看着你！一念及此，进手术室的那点紧张，全给这股气势给盖住。

手术前所未有的顺利。

推出手术室的那一刻，做娘的隐约听见，专家跟那个等待手术的患者开了句玩笑，紧张什么啊，小手术，不疼的！

我娘怕疼！这四个字从手术室门缝飘出来时，做娘的疲惫不已，已进入梦乡。

小手术，是不疼！麻醉药效结束后，做娘的心却在滴血，像有人拿刀在心尖上，荡一下，割一片肉，荡一下，割一片肉，那种深入骨髓的疼，只有自己能够感同身受，还真的疼不到女儿名下。

办出院手续时，女儿露了面，一双眼睛不停地眨巴着，忍不住想要伸手去揉，被秦嫂及时拦住，刚做完手术，别揉，小心病菌感染，会很疼的！

说谁呢？做娘的打个愣怔，自己没伸手揉眼睛啊。

秦嫂刚要张口，女儿接了嘴，对对，不能揉，我娘怕疼！

我娘怕疼！好熟悉的四个字。

犹如醍醐灌顶，做娘的脸色一凛，你也做手术了，倒睫？

小手术，不疼的！女儿说得轻描淡写的，割双眼皮顺便把倒睫手术做一下。

你还真是狠人一个啊！四十岁的人了还这么嘴硬，跟娘吭个声，谁还能把你舌头掐了？

◀ 支撑门户

秦嫂在病房里面说，我做陪护这么多年，啥样病人没见过？

秦嫂在病房外面说，我做陪护这么多年，啥样家属没见过？

病人脑袋蒙在被子下，什么表情，秦嫂看不见，家属表情讪讪地，秦嫂犯不着看见。秦嫂很少这么说话，这次情况特殊，病人委托医生请她当陪护，家属却不大待见。

怕我挣了这个钱，明说，我还有下家候着呢。

见秦嫂欲走，病人脑袋探出来，我请得起陪护，就出得起钱。

家属在外面接嘴，请陪护，又不是没儿没女。

我还以为自己是孤老呢，病人回过去。

人家是隔河不交战，这娘儿俩隔墙接上火。

一般婆媳说话不这样，婆媳关系走极端，要么老死不相往来，要么相敬如宾，只有母女说话才短兵相接的语气，没客气的必要。女儿是妈妈的贴身小棉袄，你见过小棉袄贴着身子客气过？冷也好热也好，都靠小棉袄来调控。

娘儿俩的架势，得秦嫂来调控，这点上，秦嫂经验很充足。

秦嫂使眼色，意思让做女儿的走人。

女儿犹豫一下，走了。听脚步声咚咚咚走远，做娘高昂的脑袋慢慢低下，没良心的，还真把我当孤老丢医院里。

秦嫂坐在床边，说你这是何苦呢。

病人从枕头下掏出荷包，气势不输人，钱，我出得起，你安心陪护我。

秦嫂笑，没说您出不起钱，我是激将你女儿。

她是怕激将的人？怕激将她不会跟我赌大半辈子气。

娘儿俩之间有故事。

故事还有点煽情，娘一人把女儿拉扯大，招了女婿上门为自己养老，小地方有不成文的规矩，孙子得随女方姓，用过去说法，叫支撑门户。

偏偏孩子生下来上户口时，女儿让跟了男方姓。

女儿意思很简单，男人肯入赘，心里已经够委屈了，孩子再不跟男人姓，走出去没面子。

男人有了面子，做娘的面子丢了，一怒之下，赶了女儿女婿出门。

娘有底气不靠孩子养老。死去男人的抚恤金，加上自己的退休金。

相比之下，女儿日子还不如娘，女婿被逼得出去打工，一年到头回来一次。

做娘的说我睁大眼，看你们把日子过成什么样？

女儿要强，过成什么样，都不会找您伸手。

没病没灾时，做娘的这话硬气。

秦嫂见过很多这种硬气的病人，往病床一躺，那硬气就一寸一寸被抽了丝。

这些事，是秦嫂从女儿嘴里剜出来的。

做娘的白天清醒，晚上糊涂，严重的神经衰弱，让她不知自己置身何处。

不止一次，做娘的抱着秦嫂的头，恨铁不成钢的语气，丫头啊，咱招女婿上门，为的是给你死去的爸爸抬人，你不晓得的，生下你，多少人笑话廖家的香火断了，廖家是小姓啊。

秦嫂肯定，做女儿的不知道这个讲究。

秦嫂自己有讲究，做陪护，不只为挣钱，挣钱不挣钱，挣个肚儿圆，自己肚儿圆了，病人的心思不能圆，钱就拿得有愧色。

这愧色，却出现在做娘的脸上。

依然是在半夜时分，做娘的抱着秦嫂的头，恨铁不成钢的语气，丫头啊，咱招女婿上门，为的是给你死去的爸爸抬人，让他九泉之下也能瞑目，你知道不？

知道呢，娘！娘怀里的头忍不住颤抖了一下，破天荒的。

做娘的没发现，沉浸在自己的叙述中，娘不改嫁，就是怕人家把你给改了姓，那样廖家血脉还有一点指望啊。

娘怀里那个头是突然抬起的，娘您该知道，我这么做，都是跟您学的啊！

跟我学的啥？做娘的恍恍惚惚回问过去。

抬人啊，您可以为死去的爸爸抬脸面，成武给我们支撑门户，我更应该给他抬脸面，活人脸面难道不比死人脸面重要？

满以为做娘的会恼羞成怒，孰料做娘的脑袋一扎，沉睡过去。

秦嫂是在早上给做娘的洗脸时，发现做娘的眼圈红肿着，秦嫂小心翼翼说，大嫂我得请一天假，老头子今天忌日，我去公墓拜拜他。

做娘的眯着眼睛，去吧。

要不要，让您女儿来照看一天？

再说吧！

再说是个很有弹性空间的词，秦嫂就踏踏实实去了公墓。

路上耽误不少时间，陵园大门口，居然看见做女儿的在那伸着脖子张望自己，怎么没去医院？秦嫂很好奇。

做女儿的手里捧着一束白花，我娘交代了，抬人的事，不能让您一人做，让我拜祭一下大叔吧。

◀ 骂人三天羞

做陪护，免不了被人骂，都是暗地里，明里有，指桑骂槐那种。秦嫂不在乎，背后骂皇帝的都不算啥。

当着面骂，秦嫂指定不依，伺候病人咋啦，有本事你别找陪护啊。

这话细琢磨不得，心事会拐弯的家属听了，肯定大为光火，敢情我们请陪护，是因为自己没本事？

火归火，还只能闷在心里，能够请动秦嫂，钱的面子不大，熟人的情分重，如果医院陪护需要形象代言人的话，秦嫂是当仁不让的人选。

骂形象代言人，谁有这个本事？

源于此，赵卫东把一口气憋到出了住院部大楼，电梯门还没关上，赵卫东的骂声蹦出了喉管，妈的，轮到你个陪护人模狗样教训老子，够得着吗你？今儿个不把老娘的饭喂进嘴里，看我怎么收拾你！

搁以往，秦嫂确实够不着训赵卫东。

可眼下，秦嫂不仅够得着，还可以张口就来，训得他幼儿园小朋友似的。

赵卫东的母亲，脑萎缩，清醒时还是个人，糊涂起来，就不是人了。

怎么个不是人法？听赵卫东这么说母亲，秦嫂眉头皱了一下，问。

屎尿都拉在裤子里，还抓在手里玩，是人能干出这事？赵卫东语气中有了不耐烦。

你小时候没玩过自己屎尿？秦嫂反问。

赵卫东一怔，我那不是小孩子不知事吗？

秦嫂不搭理赵卫东，转过身，给老太太脖子系围兜，马上要喂饭了。

饭菜递到老太太嘴边时，老太太固执地把头歪向一边，那意思很明显，不吃。

一日三餐，成了赵卫东最为头疼的事，见老太太不配合，赵卫东生怕秦嫂甩手而去。伺候病人还兼带做保姆，之前几个陪护干不到一天就不辞而别，都是耐不得这个烦。如今是陪护挑病人，伺候病人久了，都晓得最好糊弄的是瘫痪病人。尿不湿往身上一穿，一天换那么两次，其余时间，爱看电视的能把头仰半天，喜欢嚼舌头的能够把嘴巴说干。还落得家属再三再四赔小心，毕竟，屎尿臭不是什么人都吃得消的。

最怕的是陪护那种缺胳膊断腿的，人清醒，要脸面，患者死活都要往厕所里奔，到这时，护的意义大过了陪，得保证患者伤势不加重，得保证患者不摔倒，最难保证的，是患者拉得酣畅淋漓。设身处地想一想，一个不相干的人站面前，多少健全人都拉不通畅的。

老太太这种时而清醒时而糊涂的，陪护是又怕又嫌。

怕费了力不讨好，嫌干了事还落过，鬼晓得患者犯起糊涂来跟家属怎么编排自己。

你点名要的地米菜呢，怎么不吃！赵卫东习惯了发号施令，哪怕面对一个大脑萎缩的人。再者他想借这个在秦嫂面前树立威信。

老太太吓得一激灵，掀起围兜把脸蒙住。

难不成她还晓得这把年纪被人喂饭特羞？

老小孩，老小孩，有这么对待老人的吗？秦嫂不满地看一眼赵卫东，你给我出去！

就这么着，赵卫东被赶出病房。滑天下之大稽，他赵卫东好歹是一方诸侯。

刚骂完，秦嫂的视频电话打了过来，赵卫东跟秦嫂有言在先，喂饭时必须连上视频，他要亲眼看着娘把饭吃进嘴里，别妄想着随便喂两口就把娘打发了。

拉屎拉尿，赵卫东不需要监督，儿大避母，娘的身上没有气味，就能说明一切。

视频电话里，娘孩子气十足在床上跟秦嫂躲猫猫，秦嫂喂一口，娘脑袋转个方向，拨浪鼓一般。

扭着喂着，脖子转得起劲的娘面前突然没了那个保温盒。

有保温盒跟勺子碰撞声钻进耳朵，跟着钻进眼帘的，是秦嫂动作极快把掉在被褥上的一勺饭菜抓起来喂进自己嘴里，边吃边得意地唱起小城哄孩子吃饭的儿歌来，地米菜，蒸蒸菜，好吃婆娘拿碗来，先来的吃一大碗，后来的舔锅铲。

我不要舔锅铲，我要吃一大碗！看秦嫂吃得那么香甜，娘着急了，伸手抢过保温盒，抱在怀里，一勺子赶一勺子，大口大口往嘴里喂。

那个狼吞虎咽劲啊！

秦嫂的手，轻轻在老太太背后拍着，别急别急，都是你的！

赵卫东的眼睛一下湿润了。

这场景，多么熟悉。

儿时的他多病，娘担心吃药苦着他，蒸了地米菜，把药拌进去，喂他吃。

他也是把脑袋固执地歪向一边。

娘追着他满院子跑，追着追着，冷不防摔倒在地的娘心疼地把一勺掉在地上的饭菜，飞快捡起来喂进自己嘴里，边吃边唱起哄孩子吃饭的儿歌来，地米菜，蒸蒸菜，好吃婆娘拿碗来，先来的吃一大碗，后来的舔锅铲。

我不要舔锅铲，我要吃一大碗！小孩子都天生的眼睛饿，见娘吃得那么香甜，肚子里的馋虫立马闹腾起来，一口接一口吞进娘喂的饭菜。

他是吃了一大碗后，挨了爹的一锅铲的。

肠胃不好的娘吃了掉在地上的地米菜后，拉了好几天肚子，整个人都拉脱了水。

有泪，从眼角流下来，很陌生。

秦嫂在那边见了，吓一跳，说赵总你这大的老板，还哭，不羞人吗？

确实羞人，娘说过的，骂人三天羞！没等秦嫂把饭喂完，赵卫东挂了视频电话。

◂ 缠　人

　　在家不打人，出门无人打。在家不缠人，出门无人缠。

　　秦嫂缠人，不靠嘴巴，靠一双手，一对眼睛。搁一群陪护中，就打了眼。

　　惹人不喜欢，正常。

　　犯众怒，则十分鲜见。

　　都不容易，没必要为多接活路，把自己弄个众矢之的。但凡是吃喝拉撒能够自己解决的患者，秦嫂都推让别的陪护接手，这个时候陪护的意义在于对医院各检查项目颇有心得，跑腿送个单子啥的轻车熟路，有那嘴巴缠人的资深陪护甚至跟医生护士都有了交情。

　　别小看这点交情，在医院这种地方，能省去不少心劲。

　　有几个患者家属进了医院，不想省点心劲的。

　　轮到住医院，请陪护这个份上，都是把家人折腾得心力交瘁了，才走的最后一招棋。

陪护这会，就闪亮登场了。

患者，家属，都不约而同地松口气。

患者是心理作用，总觉得到了医院，垂死之人都能满血复活，怎么说医院都是救死扶伤的地方。

家属想法简单，有了医生护士保驾护航，再加上陪护悉心照料，患者天大的怨气，都不好再发泄了。

陪护再贴心，也终究是外人。

对外人，必要的客气你得有，哪怕你是病入膏肓之人，起码的待客之道还得遵循。客气很多时候，是生疏的表现。

秦嫂的个别之处，是不把自己当外人。

她眼里有活，腿脚不会闲着，患者只要到了她手里，那个熨帖。患者刚呷巴一下舌头，热水到了嘴边；患者才抬头望一下床头柜，香蕉已经剥开；护士端着托盘正迈进病房，秦嫂已把病床给摇起来，让患者半躺着准备接受输液。

秦嫂不把患者当外人，在一众陪护眼里就成了外人。

跟秦嫂最不对路的，是张嫂。

张嫂有背景，一个妹夫在医院后勤处，管点事。

管多大的事呢，张嫂不明说，只把嘚瑟写在脸上，她只春秋两季来医院，做白班陪护，一般陪护都不分黑白班做长年，别以为这活路脏累苦，多少人还挤不来，因为钱来得快，能够辛苦讨来快活吃。

秦嫂显然是辛苦的，吃上，却很少见她快活过，青菜豆腐辣椒千张为主打，偶尔买个煎鸡蛋，能把下唇咬出一排牙印。

秦嫂老家一女子，产后抑郁，动不动光着身子在院子里转圈，转累了，回去强行给孩子喂奶。家人趁她低头奶孩子时一拥而上，绑了手脚，送到医院。

秦嫂给做的陪护，不收费，还破天荒开了口，挨个找医生求护士说好话，求诊断治疗上多用心。

张嫂很奇怪，你亲戚？

嗯，姨亲！女子确实叫秦嫂大姨来着，两家不沾亲，真要叙起来，也只能从丝瓜藤子扯到南瓜藤子上。

叫人不折本，只要舌头打个滚。张嫂舌头没打滚的意思，她冲秦嫂不冷不热来了句，姨亲不是亲，鸡蛋不是荤，看笑话跑到这地方来，你还真是有闲心。

姨亲咋就不是亲了，鸡蛋凭啥不是荤了，早先日子艰难，秦嫂一家就是拿鸡蛋当荤菜待客的。亲戚朋友左邻右舍添丁进口，生病长疮，都是鸡蛋打前阵，你来我往走得可缠人了！看笑话，从何说起？不解归不解，秦嫂懒得往下追问。

啥话到秦嫂这儿，能一剪子给剪断了。

但凡精神上的疾病，是一剪子剪不断的，女子出院后，每隔一月，必来复检，医生根据病情，季节，酌情增减药量。每次来，女子都带几十个鸡蛋，秦嫂推辞，说留着自己加强营养呗。

女子生气，姨你这是嫌鸡蛋不是荤啊！言下之意，不认这门亲了？

秦嫂赶紧收了鸡蛋。

让张嫂给陪护的姐妹们分了。

虽说大家都嚷嚷着快活吃，可没人真正舍得，用张嫂感叹的话，我们挣的这点辛苦钱，跟身上的血一样，每个月都有固定的去处。

张嫂的钱，每个月确实有固定的去处。

秦嫂那次回乡顺便帮老家女子拿药，无意间撞见精神科护士长跟张嫂说，你这哪是个头啊，嫁出去的姑娘，该着婆家出钱的！

原来，张嫂嫌贫爱富，逼着女儿嫁进城里，生下丫头后遭婆家嫌弃，产后严重抑郁导致精神失常，每年青草起，枯草落时就发病。发病后婆家直接把姑娘送回娘家，理由是怕姑娘一不小心把新生儿弄出个三长两短来。

虎毒还不食子，我姑娘未必不如一畜生！一把鼻涕一把泪的张嫂无奈，春秋两季来医院做陪护，方便晚上照顾女儿。

你不是有亲戚在医院后勤处管事吗，找他帮忙，听说精神病科室对特殊家庭有优惠政策，可长期免费住院治疗，有利于完全康复。

一个姨亲，找他办事花的钱都能买一车鸡蛋了，人家压根不缠你。

姨亲咋了，秦嫂不满地瞪张嫂一眼，你家孩子，以后我跟你搭帮着夜晚做陪护！

那怎么要得？

怎么要不得，你孩子喊我一声姨，会叫人掐了舌头？

张嫂一把搂住秦嫂，都说你舌头不会拐弯，咋说出的话这么缠人！

◂ 有福之人

　　陪护做久了，免不得会碰上陪患者人世最后一程。有那图简便的家属，当然，也可能是患者的病把家当花光了，再请专人收敛，又是一笔不小的开支，就有家属把眼睛盯在陪护身上，麻烦您就手给穿上装老衣吧！

　　把话说轻巧了，钱才能轻薄点出。

　　活路却没有因话轻巧钱轻薄而变得轻松几许，穿装老衣之前，咋的都得给亡者上下擦洗一遍，看着是给陪护工作收尾，其实是另一项工作的开端。一般陪护，不开这个先例，嫌晦气。

　　秦嫂做事，讲究个善始善终，这是场面上的说法，搁秦嫂嘴里，一点都不场面，哪能屙了屎不把屁股擦干净呢？

　　她擦的，实则是家属的脸面。

　　穷家小户过日子，再小的脸面，都还是要的。

　　就有人记心里了，寻思着如何感恩。

　　更有人记眼里了，盘算着怎么报复。

记眼里的人，是因为秦嫂这么横插一手，令其少了一笔收入，医院这种地方，是生老病死的聚散地，小死的人多。

走顺头路去世，是有福之人，叫大死，非正常死亡，则是无福之人，叫小死。

小死，便显得仓促，当家属六神无主时，就有人上前给主意，给建议，给帮着管事，天长日久，一套完整的服务体系应运而生，把个钱挣得风生水起的。

秦嫂一不小心，断人财路了还不自知。

有人等着机会，要打秦嫂脸。

骂人不揭短，打人不伤脸，这得有多恼恨秦嫂啊。

120 从福利院接来一个危重病人，患者全身烧伤面积达 90%，涂满紫色药水躺在病床上，动一动，就有黄水往外渗出，严格说，他更像是一具一息尚存的木乃伊，是患者微弱得不能再微弱的呼吸让秦嫂到底接下了陪护的工作。

死人钱你也挣？

这不是还有一口气在喘吗？

你以为喘的是气？那是讨人世间最后一笔债呢？

一个孤寡老人，能有什么债，言下之意，秦嫂上辈子欠了这人的。

欠就欠呗，秦嫂心里有了气，起身，给福利院负责人打电话，问老人有什么未了之事。

福利院那边忙着善后呢，老人取暖，稀里糊涂把房间给烧了。

未了之事？一个无子孙福的孤寡老人敢奢望什么未了之事，

有人守在床前送终，便能一了百了。

得了这话，秦嫂眼里一热，人比人气死人，自己可是儿孙满堂的人，卧病在床的老头子却趁着床头没子孙候着，一根绳子结果了自己。

古代死囚犯，问斩前还有一口饱饭吃，老人这点奢望委实不为过。

那就守着，有一搭没一搭跟老头子说上几句话。

可别小看这临咽气时的几句话，是人世间最后一点念想呢。

闲话之余，秦嫂找来八颗米，一颗一颗在老人耳边扒拉，数得极为认真，听清了吗，八颗米，颗颗饱满晶莹。

命里只有八颗米，走遍天下不满升，这是老头子活着时常说的话，秦嫂当时还开玩笑说，想满升简单，你得走我前面才行。

为啥走你前面，老头子那会儿还没卧床，生龙活虎着。

走我前面好给你嘴里塞上八颗米啊，让判官记得下辈子给你一个满升的命！

八颗米的问题好解决，擦洗身子怎么办？有人替秦嫂为难。

不沾水，就送人上路，是大不敬的，人一辈子，既然是赤条条地来，就得干干净净地去。

水早就准备了，就等病人咽下最后一口气。

病房里，有人冷眼旁观着。

这样的一个身子，怎么擦洗？

全身紫药水，沾了水，越洗越不干净。

正等着看戏呢，老人忽然张开嘴巴，牙齿一上一下，碰撞了八次，难不成，他这会就要把八颗米给塞进口中？

秦嫂试探着，小心翼翼塞一颗米进嘴，然后把耳朵贴过去，果不其然，老人喉咙里发出一声呼噜，在秦嫂听来，这呼噜带着欣喜和满足，有满升的命在前面等着，能不欣喜和满足？

就这样，老人把全身力气积攒着，努力张大嘴巴，秦嫂把饱满晶莹的大米，一颗一颗有序排列给送进嘴里。

米刚塞进去，老人嘴巴便迫不及待闭上，良久，一声悠长的叹息响起，老人嘴里再也没有呼出一丝气息。看老人，应该是安详的，他因痛苦而不停渗出黄水的脸庞，一时间变得干爽无比。

秦嫂的泪，哗啦哗啦就喷薄而出，一滴滴一串串从老人脖子处往下滑落，自上而下，由前而后，浸湿了老人整个身躯，奇怪的是，那些紫色的药水，居然没有把泪水给污染半分。

泪眼迷蒙中，秦嫂看见老头子正驾鹤西归于云端之上，一副逍遥自得的模样。

有福之人不用忙，无福之人跑断肠，大死之人才有的福气呢！

福利院赶来处理后事的人，对着孤寡老人一副不无羡慕的语气。

◀ 人养人

天养人，肥嘟嘟。人养人，皮包骨！

丢下这句话，秦嫂不再理睬那帮围着自己叽叽喳喳发表意见的儿子媳妇，掉头进了住院部，意思再明白不过，自己能把陪护这碗饭吃上嘴，是老天爷的赏赐。

有，不多吃一口，无，不少喝一顿。单单靠伺候哪一个病人，就能把自己养瓷实？当钓金龟呢。

何况患者这几个家属，怎么看都与金龟挨不上边。

秦嫂眼下的身板，虽称不上是肥嘟嘟，却也脸上有肉，肚里有油，与皮包骨相去甚远。

一干人讪讪着，没好追进去理论，疫情防控常态化的情况下，医院有硬性规定，只许一人陪护。患者也好，家属也好，这会儿能仰仗的只有秦嫂。让秦嫂说出这气话的是，既然都仰仗自己了，还说三道四个啥，不信任别人来陪护，儿女完全可以亲自披挂上阵啊，话说得那么贴心，临到头上，却没有一个肯撸起袖子。

陪护这个老太太，确实要披挂上阵。

上吐下泻，吃什么都往喉咙里上涌，搞不好就来个喷薄而出，弄陪护一身呕吐物，得穿防护服才行。老太太自己很难为情，可肠子里有股子气直往喉管上涌，顶着那些食物，不让落到胃里去，她能如之奈何。

人体内莫非也有大气压强？

做了胃镜检查后，老太太更是虚弱得连风都经受不起，挪动一步都艰难，住院调理，是不得已的选择。

请秦嫂做陪护，是不得已选择下的不得已。

看得出，老太太的五个儿子，把个钱心疼得，比老娘都重要。

人前倒是会做样子，每人掏出一沓钱，给秦嫂，说老太太要什么只管给买！

秦嫂把钱退回去，比孝心呢，这是，医院能买着什么？每人轮班每天来一趟，就行！

五个儿子彼此环顾几眼，来干什么，又不能进去伺候老太太一口水，一勺饭。

秦嫂摇头，进不去不重要，重要的是你娘晓得你们在她身边。

这陪护，奸着呢！五个儿子轮班来看，谁好意思空着手。

老太太能不能吃是一回事，儿子尽不尽心是另外一回事。

秦嫂之前可是交代过，这人一老，各种器官都在衰竭，得养心。心情开朗了，肠胃就会舒畅。

听见没，话头埋得多深，肠胃舒畅后，当然是吃嘛嘛香。

五个儿子，买点水果什么的营养品，好意思重样？

想重样还得有空子可钻，秦嫂这边可是无缝的蛋，人家开有清单。

周一，火龙果。

周二，苹果。

周三，山楂。

周四，木瓜。

周五，葡萄。

要是多几个兄弟姐妹，榴莲菠萝蜜什么的会不会都上了榜单？没准下周就上榜了，好在都是国内的水果，不难，五兄弟这么嘀咕着。

秦嫂没给他们下周的机会，非常时期，医院还有另一个比较人性化的规定，非重症患者，一周内必须出院，一来防止聚集感染，二来不占用医疗资源。

出院时，秦嫂说三道四了，老太太回去了，火龙果不要断。

为啥火龙果不能断？

火龙果堪称肠胃拖把，它所含的膳食纤维对肠胃的通畅大有裨益！秦嫂说老太太的肠胃炎症虽说控制住了，但还得巩固。

那不得天天养？最小的儿子阴阳怪气插了一句嘴，像在医院一样？每天水果不重样。

如果有条件，完全可以的，秦嫂竟似没听出对方话里的揶揄，很认真很仔细交代，最好按照早先的顺序买水果给老太太吃。

见五兄弟呆若木鸡而不解望着自己，秦嫂说，这火龙果养肠胃，苹果养心，山楂养肝，木瓜养胃，葡萄养肾……

脾脏呢？小儿子不服气。

柚子养脾脏啊！秦嫂笑，柚子，幼子，有你这个最年幼的幺儿，能少了老太太这口吃食？

皇家重长子，百姓疼幺儿。

柚子而已，多大点事！见秦嫂拿话挤对自己，小儿子话接得十分豪气。

确实不是多大点事，秦嫂摇头，可你们娘咋落到这个地步的？想过没？

能怪我们？大儿子脸色涨红了，吃的喝的用的，由着她供着她，还能要我们当儿子怎么的。

唉，难怪医生跟我打比方说这娘好比人的肝，儿则如同人的胃，秦嫂忍不住叹息。

什么讲究？

没听说肝是一个哑巴，胃是一个喇叭啊！秦嫂把话点明。

儿子受了委屈，会跟娘哭闹着叫嚷，娘落了病痛，只会对儿子百般隐忍。

您意思，我娘不光肠胃有事，肝上也出了问题？小儿子到底年轻，脑子反应快。

你娘每天早上起来嘴里发苦发干，小便黄色，起床时全身酸软无力，这都是肝发出的求救信号啊，得好好养了。

几个儿子这才想起，自打爹去世后，一人单过的娘不知不觉瘦脱了形。

脸上没了颜色，任谁都能看出，肚子有没有油水呢，天知道，如果不是上吐下泻得瞒不住了，那后果，不堪设想。

把娘接我那去吧，我一人来养！小儿子瞪着眼睛，跟秦嫂和几个哥哥赌气似的，我就不信了，这人养人，一定会皮包骨。

◀ 挑人欺负

秦嫂只是顺便搭把手，急诊中心这种事常见，家属不够用时，守着找活的陪护就帮忙把患者从担架往急诊病房转移。

等医生护士上了手，隔断帘拉上，外面守候的家属就跟陪护搭上了腔。三言两语下去，热络劲上头，这力气就不白出，相当于预付了定金，患者如需要请陪护，家属首当其冲会挑选之前搭把手的这人。

先入为主的印象，很重要。

秦嫂真的只是顺便，她手头上有个患者，脑梗，整日半躺着，每次总努着嘴示意秦嫂把输液速度调慢，而后目不转睛盯着透明的水滴缓缓掉落，好像这样生命线就能无限延长似的。

秦嫂断定，这是一个慢性子的病人，不管他，慢人自有慢人福。

没准患者享受的就是这个过程。

秦嫂享受不了药水一滴一滴缓缓从针管进入血管，她设想，躺在床上的要是自己，肯定会被那缓缓掉落的水滴逼疯。怎么可能是生命线被无限延长呢，分明是看着时光被一点一点蚕食。

到急诊中心，秦嫂是下意识地，她没抢患者资源的习惯。急诊室这种地方，能够让秦嫂对人生产生一种紧迫感。尽管在很多人眼里，她已经蜡炬成灰泪始干了。

手忙脚乱忙活完，家属一转身，秦嫂认识，一面之缘的那种认识。

你还在做陪护？对方很惊讶。

这个还在，让秦嫂眼里恍惚了一下。

十年前，她刚在医院找到陪护的活路。

真有十年？秦嫂犯了癔症，脑子一晃而过都是昨天的事。

太好了，家属使劲摇一把秦嫂的手，这次还是请你！

秦嫂把手往回抽，不行，我手里，还有一个患者。

有一个就有一个呗，我们等得起！家属语气居然很笃定。

等得起，什么话，难不成打算把医院的病床给睡穿？

这就是秦嫂的不明就里了，等得起，意味着人家花再多的钱，都有地方出气。

还真有人把医院当疗养院住的，这令秦嫂大惑不解。

医院这种地方，再高贵的身份，躺病床都得一视同仁，医生护士的吩咐你敢不听了试试，陪护的交代你敢硬抗了看看。

谁都敢用甩手走人这招来欺负你。

果不其然，隔断帘背后传来医生的训斥，都这样了还不听话，家属呢，按住他！

家属赶紧应答着，在呢，在呢，就来！

声音先于脚步进去的，再不听话，信不信把你丢医院不管了！

对家属这种家常便饭似的威胁，患者信不信不知道，秦嫂信。

十年间，秦嫂见过不少真的一赌气把患者丢医院不闻不问的，反正请了陪护，能省心一天是一天，能省事一刻是一刻。

久病床前无孝子，那是古人说法。

如今的孝子都不在床前，在手机屏幕背后，医院欠费，手机转账，探视病人，视频连接，你能挑人家半点理？

没承想，从不挑人理的秦嫂，这次被家属挑上理了。

脑梗患者的家属把理挑得很硬气，秦嫂陪护期间脱岗，这是多么严重的工作失误，患者要突发不适，后果难以想象。

秦嫂好笑，像这种极为严重的脑梗患者她伺候多了，都是进医院前突发不适，一旦病情控制住，会长久地呈现半睡眠状态？真有难以想象的后果，倒是家属和患者的福气。

原因很简单，死亡是睡眠的延续。

这边的陪护显然做不下去了。

那边等得起的患者家属乘虚而入。

话说得贴心，一回生二回熟三回就能赛家属，到了元旦，给秦嫂工资双倍照发。

当陪护，能够享受公务员待遇，百年不遇呢。

日子离元旦，都望得见，喊得应了。

秦嫂把精神抖擞起来，病房上头顶灯轻微的嗡嗡声，监测仪循环往复时嘟一声长鸣，隔壁病房除颤仪砰砰作响的起伏声，以及呼叫护士的警报声，都能让她全身打个激灵再满血复活。

入院前患者脑出血已达半年，除了手偶尔发痉挛时乱抓，生命体征已呈死寂。屁股两边的红斑倒是生机盎然，破皮溃烂近在眼前，褥疮一旦到了四级，骨头都隐约可见，那是生不如死。

住院的意义何在？尽孝？钱多了给烧的，砸水里还能听声响。

真正的响声，在水落石出前叫秦嫂听出端倪。

元旦前一晚上，早先脑梗的家属再度找到秦嫂，过了今晚，我们还请你做陪护！

还请我，不挑理了？

挑什么理啊，是人家挑上了你，明天就新的一年，老爷子只要心窝还跳着，就可以多领国家一年的钱，不看在钱的分上，我会把你转让给他们？

敢情这样一回事啊！秦嫂冷哼一声关上病房门，对监测仪循环往复时突然嘟起的长鸣来了个听而不闻。

挑人欺负，谁还不会？

◀ 吉人天相
....

放心吧，这种病我伺候得多了，出院时一个个，活蹦乱跳的！
秦嫂冲家属大包大揽说完，转身打量患者再三，我把话说前面，
就您，那叫吉人自有天相。

有秦嫂的话做依仗，患者胸膛忍不住往上挺直，早先那委顿
劲，没了。

人，活的就是一股精气神。

这点上，秦嫂比谁都清楚，能够成为医院的金牌陪护，没点
金刚钻，还真不敢揽瓷活。

秦嫂的金刚钻，说白了，就是亲热人。

可别小看了这个亲热人，分情况，性子冷的患者，性子热的
患者，性子慢的患者，各有不同，闹不好，弄个热脸贴冷屁股，
可难堪了。

这点上秦嫂不担心，石头都能焐热，何况人心，不论大人孩子，
老弱病残，在秦嫂这总能看到一张好脸色。

秦嫂的亲热人，不是为了患者给的那份工资，她是觉得吧，人家来看病，本来就背着个包袱，你再把张脸一寒，人家心里不堵死才怪？所谓医者父母心，你脸上亲热些，病人心头就暖，药没入口，病能去掉一半，事半功倍就是这个理。

我们只是陪护，不是医者，有陪护的姐妹这么跟秦嫂较真。

秦嫂笑一下，不吭声，眼前出现的却是另外一个场景。

早先有个渐冻症患者的家属，想请一个人到家中做长期陪护，对医院推荐的秦嫂，家属提问说，打算怎么照料这个患者。

能怎么照料呢？秦嫂怔了一下，当儿子一样照料呗。

为啥不是当父母一样照料？家属很不满，秦嫂这话有占人便宜之嫌。

你说为啥？秦嫂反问，儿待爹娘扁担长，爹娘待儿万年长，难不成这句老话你没听说过？

一句爹娘待儿万年长，让患者家属忽然红了眼眶，抱歉，这陪护，我们不请了。

很多人笑秦嫂笨，万年长的一份美差，就这么黄了，患者可是县城排得上号的大老板的老娘。

黄了一笔收入，返青了一颗人心，秦嫂觉得值。

更值得的事在后面，大老板人脉资源广，但凡朋友中有病人住院需要请陪护的，都不遗余力推荐秦嫂。

这些人，都舍得花钱，在陪护身上。

到哪找能把患者当儿子的陪护啊。

不争就是最大的争，这话无意中在秦嫂身上得到印证。

活路多，口碑急剧上升，换个陪护，肯定会以奇货自居，秦嫂不，依旧一张脸上笑眯眯的。

也不是所有患者都要笑眯眯地伺候，比如眼前这个把医院当菜园子门一样进进出出，叫秦嫂陪护过好几次的老人。

一身的病，每进一次医院脖子都深陷下去一分，那喉结下面凹进去都塞得进一个鸭蛋了，神志偏偏清醒得要命，怕子女嫌烦的她，不停地用手抓贴在胸口的心脏监测仪的电极片，口口声声喊，你们让我死了清爽，还少花那个冤枉钱。

换个陪护，这会是不好张嘴接话的，毕竟老人所谓的冤枉钱有一部分花在自己身上。

秦嫂却接话，口气很不友好，确实不该花这冤枉钱，别说您想死，活到你这份上，我都想死了好多回！

我这份上咋了，孩子又不是不管？患者很奇怪，想死你只管死去，大河里可没上盖子。

死不起撒！秦嫂长叹一声，大河里是没上盖子，可我头上有紧箍咒啊，儿子有话在先，几时挣够了爬烟囱的钱，才敢死！

小城人把死后火化称之为爬烟囱。

说死不起，不是矫情，在秦嫂老家，确实很多人死不起，丧葬费不是一笔小的开支。

听了这话，患者很不屑，挣这么点辛苦钱，哪年才是个头。

秦嫂嘴巴贴近患者耳朵，不瞒您说，做完您这个活，工资结到手，我就死得起了。

一个死到临头的人，还能积一分功德。人，是喜欢戴高帽子的，患者尤其为甚，生死就置之度外了，先把功德做圆满再说。

因了这个泼天大愿，患者的求生欲噌噌上涨，站在施舍的立场，语气中难免有了那么点高高在上。

高高在上好！秦嫂要的就是患者这个姿态，人的心性高了，胸中那口气才能连绵悠长。

悠着悠着，心情好转，病痛减轻，得，居然容光焕发，自然而然呈现出一副吉人才有的天相。

再往后，但凡经过秦嫂亲手伺候的人，病情反复时住院，第一个想到的便是秦嫂。

患者是好心，得让秦嫂死得起不是。

虽说每个人给的陪护费不很多，但这也是大帮小凑，跟水滴筹玩的同一个原理，看秦嫂笑眯眯的表情就晓得，当划归在助人为乐的范畴。

独乐乐不如众乐乐。

看患者出院，一个个，活蹦乱跳的，有医生冲秦嫂大发感慨，你还真是死不起呢，不然我们科室重症患者死亡率得直线上升。

你意思，我是吉人？秦嫂脸上写满疑问。

◀ 打人打人两目忧

秦嫂最近做陪护，很不得劲，霜打了的茄子似的。

有相熟的陪护开玩笑，还没打霜呢，这人就蔫了？

听了这话，秦嫂强打起精神，回病房。

网上曾经有个笑话，说自从得了精神病后，我的精神好多了！秦嫂发现，这句话确实不无道理。她见过不少精神病人，一个个，都精力无处安放的样子，要么嘴巴不停，要么手脚不停，没一个肯消停的。

秦嫂很想消停一下，能多积蓄点精力，精神抖擞把手头上这个患者陪护好。

患者是被强制住院的一个老光棍，骑电单车闯红灯跟轿车撞了，没有交通意识的他听说还要自己赔钱，一怒之下当着警察面砸了人家轿车玻璃，神经病人才会干的事呢。

他心疼钱的状态，跟疯子有过之无不及，警察只好送他进医院，做精神疾病方面的鉴定，这种病人，没陪护愿意伺候，秦嫂心软，接了手。

住院第一天，患者就喋喋不休追着秦嫂问，量体温要钱不？检查要钱不？开药要钱不？吃住要钱不？

秦嫂耐着性子说若坐实了是精神病，要不了几个钱，合作医疗可以报销70%。

一听合作医疗可以报销70%，患者捶胸顿足起来，他没有交合作医疗，谁花钱买药吃啊，有病多吃点鱼肉就行，营养上来了，病就下去了。这是患者对疾病的认知。

就免不了闹笑话，护士给药时，患者觍着脸说，能只吃一半不？

吃一半？护士莫名其妙了。

省一半下顿吃啊！

护士恼了，勤俭节约也不看看地方，药量轻了，你发作起来怎么办？我们这可没警察看管！

精神病院确实没有警察，可精神病院有镇静剂啊。

患者刚进来时百般不服，总想找机会溜走，好几个男医生都制服不住，一针镇静剂打进去，蔫了。

蔫到患者天真地以为，药钱和检查钱，都可以用省吃俭用的形式节约下来。

在医生护士眼里，这可是比精神病还要精神病。

秦嫂不这么以为。

瞧这日子过得可怜见的！

患者明显感受到秦嫂对自己的可怜，跟秦嫂，就近了，无话不说的那种近。

心病得心药医，秦嫂觉得应该跟患者掏心窝子，老待医院里，跟坐牢一样，不是回事，尤其这种跳井都不怕挂下巴的光棍汉，无天管无地收惯了，关上十天半月，会真疯。

要我说，你就不该砸人家车玻璃！

砸车是轻的！患者不以为然。

你还砸出道理了？秦嫂一怔。

她开那么好的轿车，我骑那么破的电单车，患者瞪大眼睛，竟然找我赔钱。

你撞上去的，人家不找你找谁？秦嫂好笑，天底下还真有猪八戒上城墙倒打一丁耙的人。

又不是故意撞上去的，你以为我不晓得肉包铁撞不赢铁包肉啊！患者振振有词，我恼火是她那么有钱，还不依不饶的非得报警。

人家有钱不是人家的错，你撞别人却是你的错，怎么能混为一谈呢？秦嫂由好笑变成好气。

我就错了，警察还能把我怎么的？

确实不能把患者怎么的，一个杀了无肉剐了无皮的人。

见秦嫂不吭气，患者得意扬扬起来，告诉你，哪天我出去，非得找到那个女人。

找女人干什么，赔钱？

赔钱？患者鼻子嗤出两股气来，我陪她坐，陪她站，陪她三天不吃饭！

这种小城流氓地痞无赖特有的耍横手段，秦嫂打小耳熟能详，就你这德行，只怕人家面前没你坐的位子。

你当我真的陪她坐，我直接上去赔她两耳光！

打人两日忧，老祖宗话你未必不晓得。

我还晓得骂人三日羞，先两巴掌把她打清白，再一通话把她骂醒！患者边说边撸袖子，那神情，好像秦嫂就是那个开车的女人。

打清白，骂醒？秦嫂下意识重复了一句。

一个年轻女人，快快活活就能把钱挣了，干吗跟我计较那一分一毫。

快快活活就能把钱挣了，秦嫂沉下脸，谁的钱不是血汗换来的？

她那么漂亮，有跟我扯皮拉筋的时间，多睡几个男人，不就快快活活挣出要我陪她几倍的钱？

患者说得口沫横飞的，一点也没发现，秦嫂手掌犹如一对蝴蝶般翩跹上来，啪啪两声爆响，在他嘴丫子两边炸开。

打人，两日忧！患者猝不及防，声音有那么点不连贯，你刚才，才，说过。

打你，我半点忧都不带走！秦嫂说着，使劲把手掌在护衣上，掸了两下。

太可恨了，畜生不如的人，不打不平民愤。

◂ **白化病**

这种人的钱你都敢挣，不怕他半夜变厉鬼吃了你？

真有吃人的本事，他就不用上医院来了，秦嫂说不就是一个丘子托生的吗？看把你们吓的。

丘子是迷信说法，指上辈子死在荒郊野岭，随便被人用东西掩盖，没能按规矩打井下葬的人，再次投胎时就长成全身上下白惨惨的瘆人模样，连眼睫毛都是白的，乍一看，白无常似的，谁撞见都心惊肉跳的。所谓的入土为安，大概和这个讲究有关。跟传说里被阎王爷给人打上胎记，有异曲同工之妙。

处罚手法轻重而已，肯定是上辈子作多了孽。

医学上称这是白化病，很顽固的基因遗传。

秦嫂这会儿的脚步很重，一改往日的轻手轻脚，原因很简单，这个白化病患者的视力，几近于无。要悄没声地凑过去，不把患者吓死才怪，患者有心脏病，禁不住吓。

做陪护前，秦嫂在乡下养过肉鸡。医生跟秦嫂交代过，患者的心脏跟家养的肉鸡强不了多少，承受能力极为脆弱，一个响炮就能够让患者随时送命，连伸开双臂挥舞一下的意识都没有。

幸好城市禁了鞭，否则，秦嫂脸色一阵发白，替患者给担心的。

单是心脏有问题，患者不会来住院，他的腿脚，肿得像牛膝，挪动一步千难万难，静脉曲张导致，血管吓人地暴起，在白惨惨的皮肤映衬下，真实还原了鬼片的某种场景。

下一步，该卧床了，患者的侄儿就直接把他送到了医院。

反正不用自己出钱，还可以落个孝顺之名。这种人的生老病死，有政府兜底。

他吃了政府一辈子，不在乎多吃政府这一口，侄儿把话说得满不在乎，秦嫂听得出言外之意，让她不用担心工钱。

秦嫂摇头，人都到了这个份上，还活在亲属的算计中。

听见脚步声，患者努力把脸扳正，瞅着秦嫂的方向，双手伸出，嘴巴微张，饭给我，我自己会吃。

又忘了？还没到吃饭时间呢！秦嫂顺手把茶杯递过去，喝口茶，润润喉咙。

哦，患者打了个愣怔，白惨惨的脸上有了红晕，唉，这眼睛看不见，记忆也差了！老习惯太根深蒂固，住院前每次能看见人影晃动，都是在送饭的时辰。

换句话说，只有在饭点，患者才能闻见人间的烟火气。这人，活得该有多么孤寂啊。

医院的危重病房，同样是人活得孤寂的地方，非至亲，没谁的脚步乐于踏进半步。

父母自然是至亲。

你父母，还好吧？顺嘴溜出这话，秦嫂立马后悔了，他都这样了，父母能好？

似乎等着秦嫂这一问，患者言语间有了激愤，当然好，起码比我好！

比你好？秦嫂反问。

生下我不久，他们商量好了似的，一前一后，死了！患者嘴角现出讥讽，一了百了，真好。

死，居然在患者这儿成了真好，秦嫂不解，好死不如赖活，多少人花钱买命的，不信你看隔壁病房的老爷子，全身上下贴满金属片，喉管都切了，还悠着一口气，不愿闭眼。

患者面无表情，我只想花钱买死！

怎么个说法？

死后谁给我打井下葬，政府发给我的丧葬费归谁。

这个可难办，秦嫂说，就算你立有遗嘱都白瞎功夫，死人能管得了活人？

立遗嘱，还得认识字，就算能识字，我这眼睛，能提笔？患者差点气笑，有你这么消遣人的吗？

可惜，连气笑的权利，老天爷都不愿给患者。

一口气没笑出来，整个人陷入休克状态。

侄儿在电话里，一点紧张意思都没有，休克了啊，老毛病，一时半会死不了的，他丘子托生，磨难还没完结。

偏生，患者真就闭了眼，那张惨白的脸色，或多或少还带着点那么丝红润。

佺儿很奇怪，围着患者尸体转圈，不应该啊，怎么着都还有几年罪受的，医院给吃什么药了？

肯定不是后悔药！秦嫂冷冷地接过话。

真正吃了后悔药的是佺儿，早知这样，还不如不送医院，满以为打针用药能多吃政府几年。

患者的特困补助，都在佺儿手中。

眼下，没了不说，还得贴上秦嫂一笔陪护费用。

患者的长期护理费用，还没批下来，原本可以借着这次住院证明申请办理的。

给死者收殓，火化，秦嫂一直跟随在患者佺儿身边。

骨灰盒领出来，佺儿像是才发现秦嫂，你跟着，凑什么热闹？

这活，还没完结呢！秦嫂把完结两个字咬得很重。

佺儿阴着脸，把钱塞给秦嫂，口气悻悻地，还不走？

秦嫂指着佺儿怀里的骨灰盒，说我给看了块地，今天是个吉日，可以下葬。

佺儿瞪大眼睛，你就算吃人不吐骨头，也得分个场合吧，我几时说要买墓地的，死人的钱都你都从中给赚？ 太亏心了吧！

亏不亏心的我不知道，我只晓得那墓地的钱，喏，就是刚才的陪护费，已经转给陵园管理处了，下不下葬，在你！

秦嫂还真吃定佺儿这个人了，小地方的规矩，墓地是不能转让的，除了给死者入土为安，他别无选择。

◀ 丑人多作怪

丑人多作怪！

对钻进耳朵的这句话，秦嫂没生气，她甚至用了探讨口气，很认真冲患者那个颐指气使的亲戚说，这话搁我身上，应该叫穷人多作怪。

见秦嫂主动把自己划归在穷人范畴，那个亲戚，立马傻了眼，她脑海中的确是这么个想法。

苦于表述能力有限。

也不是表达能力的问题，是她嘴里的话，总是比脑子跑得快。

话赶话说得这个份上，她那份自得，瞬间被秦嫂的自黑，给来了个降维打击。

用患者家属的话来说，叫掉得大。

看得出，患者也好，家属也好，都不大待见这个富贵亲戚。

天长日久做陪护，秦嫂见过很多患者的排场亲戚，但把优越带到医院这种地方的，还是第一次。任谁来到病房，都会首先探问患者病情，她倒好，进门就对着秦嫂咋呼，患者头发没梳得一丝不苟，衣服没能熨帖平整，被子上有水渍，病床下的拖鞋务必摆放整齐，还借上厕所之际抨击了卫生间的异味太重。

怕秦嫂尴尬，家属轻言轻语解脱说，我们请的是陪护，不是保洁阿姨。

亲戚不乐意了，谁规定陪护没有做保洁的义务，上次你舅舅住院，我们请陪护，不是带着把保洁活一起做了，表弟你不懂，这人啊，娇惯不得的，娇儿不孝，娇狗上灶！

表弟很及时住了嘴。

表姐继续发挥，别看有些人，当着你面把话说得好听，背着你，什么事都做得出来，人心，丑陋着呢，要不然会有一本书，叫《丑陋的中国人》？要不然老祖宗会创造有丑人多作怪这一说？

表弟嘟囔说，表姐你也是中国人。

马上就不是了！表姐眉飞色舞冲整个病房一挥手，忘了告诉你们，我过两天就移民到国外，哄孙子去。

可惜她的手还没收回，就被患者一声暴喝打断，滚！有多远给我滚多远！

表姐被这声滚给打了个愣怔，脸色瞬间黑了，哼，就知道你们见不得人家日子红火，老古言说得没错，亲戚不望亲戚好，弟兄只望弟兄穷！

说完这话，表姐眼神很怜悯扫过患者，姑妈我这是替你不值呢！

听着得得得的脚步声走远，患者叹口气，拍了拍床沿，示意秦嫂靠近她坐下。

秦嫂依言过去，先把被子掖好，才侧着身子坐下。

受委屈了，叫你！

患者是糖尿病酮症酸中毒，由于脱水明显，眼下需要大量补液，原则是先快后慢，先盐后糖。

严格说，这类患者的陪护工作相对轻松。

如果不是那个表姐出现的话，秦嫂心里真没半点委屈可言。

护士倒是恰到好处出现了，传达医生指示，说患者的心肺功能正常，不曾伴有酸中毒，在输液之外，可以适当口服补液。

适当口服补液，秦嫂心里一动，医院外面有很多药店，应该有卖的。医保改革后，这种营养性能的口服补液，医院内部不会再有。

秦嫂不想委屈了患者，那声滚，很大程度上维护了秦嫂的尊严，自己是穷人不假，但穷人的嘴脸，未必就一定丑陋。

进药店，秦嫂特意把身上的护衣给脱了。

药店这种地方，向来有店大欺客的行为。

刚进药店门，秦嫂听见一个很熟悉的声音，正打着电话，国际长途呢，你少说两句。

冤家路窄，居然是那个表姐。

表姐没认出秦嫂来，优越感十足的人眼里，是很难容下平头百姓的。

巴不得她赶我滚呢，表姐那不忧反喜的劲头让秦嫂十分奇怪，天底下还有这种把受虐当享受的人？

赶我滚正好，我真担心到了国外，你表叔托我帮他娘买糖尿病特效药呢，那么贵，我这是帮你们省钱晓得不？

国外确实有糖尿病特效药，特贵不说，还得有门路才能买着。秦嫂脑子一激灵，感情是这么回事啊？

见秦嫂看一眼自己又看糖尿病药专柜，表姐迅速挂了电话，神情倨傲着走近秦嫂，糖尿病特效药，我能弄到，要不？

秦嫂说，我倒是想要。

想要可以，只要你钱出到位！表姐又是眉飞色舞对整个药店把手一挥，我这两天就要出国，弄点特效药，有的是门路。

可惜她的手还没收回，秦嫂已经冷冷地给了句，只怕这个钱，你没脸赚。

赚钱还认脸，还分美人丑人？表姐不解了。

秦嫂把护衣展开，掸了掸，穿上身，依然是那副探讨的口气，钱是不认脸，可钱主人晓得让它认亲啊，你说是不是？

说完这话，秦嫂头也不回朝着店员走去，拍出一沓钱，豪气干云地说，挑最贵的糖尿病口服补液，给我拿十盒。

有踢踏踢踏的脚步声钻进秦嫂耳朵，秦嫂不用回头都能脑补出这样一个画面，表姐委顿着身子，悄悄溜出了药店。

她那身影，如同阳光下的雪人，丑陋也就罢了，还说不出的怪异。

◀ 太废规矩

废人，说的就一定是废话？

这是秦嫂的口头禅，有那么点灵魂拷问的意思，话虽是当着患者面说的，却一股脑地钻进家属的耳朵。

在医院，但凡落到请陪护的地步，患者身体的各项功能基本上废了大半。那日子，就活成了苟延残喘。再好的心态，一旦病重倒了床，立马变得敏感起来。

怕被人嫌弃。

言语上就生出卑微来，在自己孩子面前，唉，我咋就不得死呢！

有那脾气好的子女，会轻言轻语嗔怪一句，看您说的什么话，难得有机会伺候您一回，您就安心养病。

子女确实难得有机会伺候一回患者，都是带了亲朋好友来探望时，象征性地喂口水，削个水果什么的，那场面，够温馨。

真正屎一把尿一把伺候的重任，在秦嫂身上。看破不说破，每天总会有那么一出母慈子孝的桥段上演，秦嫂跟家属配合得天衣无缝。

人走了，患者往往会闭了眼，好半天不说话。

这个时候，秦嫂是不多话的。

听凭患者一个人自问自答，这病，啥时才是个头啊？

唉，这鞋子脱下来，晓得日后还穿不穿得上？

咋穿不上，难道躺床上还能把脚躺胖了？秦嫂插科打诨还是有一嘴的。

患者忍不住就把脚艰难地挪出被窝，拿眼光仔细端详，真胖了呢，一双腿都搬不动他们了。

秦嫂笑一笑，把患者的两只脚轻轻塞进被窝，胖了好，福气。

那脚不是胖，是肿的。

患者是严重的静脉曲张，腿上的青筋蚯蚓般吓人地拱起。

废人一个了，说什么福气！患者冲秦嫂笑出讨好意味来，我这么多废话，你不嫌吧。

废人，说的就一定是废话？秦嫂轻车熟路搪塞回去，然后把手伸进被窝，给患者捏腿揉脚。

不是这番废话，秦嫂还真注意不到患者腿脚，藏被窝里，哪儿看去。

捏着捏着，患者通体舒泰眯上双眼，秦嫂的手则由快到慢，由重变轻，到后来，秦嫂的眼皮重了，脑袋沉了，人伏在病床跟前打起了鼾声。

是护士的脚步声把秦嫂惊醒的，秦嫂吓一跳，药瓶里的水快吊完了，咋就这么大意呢。

换了吊瓶，秦嫂打起精神，手刚要再度伸进被窝，患者拿眼神制止了。

歇会儿！

秦嫂就听话地坐在板凳上，患者抖抖索索摸出一瓣香蕉，撕开外面的皮，又抖抖索索往秦嫂面前递。

秦嫂假装不明就里，给我？

对啊，给你吃！

天啊，秦嫂满脸惊喜状，我这个好手好脚的人，倒叫你这个废人伺候上了！咬得很重的废人两个字，让整个病房一下子活起来，邻床的病人冲患者伸出大拇指，照这么看，您这鞋子不光穿得上，还得好几年的穿头。

那敢情好，话音没落，患者脸上已经焕发出久违的红光。

三两口吃完香蕉，借丢香蕉皮之机，秦嫂去了趟护士站，给值班护士赔小心。

护士都相熟，半开玩笑半当真，说秦嫂你废规矩了呢，哪有当陪护呼呼大睡，反过来患者伺候你吃喝的。

秦嫂警惕地看一眼病房，把手指竖在嘴边，小声说，规矩，废了就废了呗，只要人不废！

啥意思，护士一怔。

护士长用手中的病历本轻轻敲一下护士的头，瞧你平时脑子转得蛮快，今天咋这么不灵醒？

护士很委屈，我咋就不灵醒了？

这公鸡不屙尿，自有出水的窍，秦嫂不委屈，踮起脚，一阵风走了。

你看她像是睡不醒的人吗？护士长追着秦嫂背影问。

不像！护士嘴巴追过去一句网络用语，都风一样的女人了。

所以说啊，人最怕的不是病，是怕别人不需要自己。

嗯嗯，我明白了，秦嫂是故意装出的老迈昏聩样！护士犹如醍醐灌顶，可这样，秦嫂不怕人家不雇她了？

能够让患者精气神重新焕发的陪护，打着激光灯都难找，换你当家属，会不雇？

真叫护士长一言说中，晚上家属带着又一波亲朋好友来探望患者时，见患者大有起色，还一个个给人递香蕉，撕蕉皮，惊喜得整个嘴巴张成 O 型，塞一个鸭蛋都绰绰有余。

众目睽睽之下，患者把脚挪出被窝，轻轻摩挲着冲秦嫂说，现在我的一双腿搬得动脚了，今儿也让你一双腿把脚搬动一回。

什么意思？秦嫂有点莫名所以。

我让孩子开车递你几步路，先把工钱开给你送回家去！见秦嫂不解，患者露出调皮神情，上午接电话时，我压根没睡着，家里不是等钱用吗？

这太废规矩，使不得！回过神的秦嫂恍然大悟，感情人家装睡手段比她更高明。

咋了，当我废人一个，说的全是废话？

◀ 半路夫妻

错了，错了，要陪护的是她，不是我！病恹恹的老头说起话来，语气倒是急促得不行。

不是你，你躺病床上干什么？秦嫂没好气地扭转身，冲坐在轮椅上望着老头傻笑的老太太出了口恶气，秀恩爱秀到病床上，很好玩是吧？

还真是秀恩爱，不过却不好玩。

换个人，挨了秦嫂这通牢骚，怎么都得面红耳赤一番，老太太不，一双眼睛目不转睛盯着老头，乐呵呵的。

老头冲秦嫂难为情招一下手，示意她到跟前说话。

还特意打了个手势，要秦嫂从老太太轮椅背后绕到病床跟前。

病房就那么大地方，轮椅把两张病床之间过道几乎塞满，秦嫂这一步绕得就有那么点吃力，好在，陪护干的就是卖力气的活。

绕就绕呗！当路人一个，看看这两老到底唱哪出隔壁子戏给自己听。

不是秦嫂吹嘴，多年陪护干下来，别的能耐不见长，当路人的本领噌噌上升，看戏掉眼泪替古人担忧这句话，在见惯了生离死别的秦嫂身上，站不住脚。

还真的有戏。

老太太是老头第二任老婆。

回笼觉，二房妻，都是人生不可多得的美事。可在老头这儿，美事却成了丑闻，直至炸了锅。

闹到最后胸闷气短，引起心室房颤，住进医院。

陪护，是老头请的，不是为自己，为老太太。

老太太，一副富态相，起码一百五十斤的体重，秦嫂忍不住替她捏着一把汗，再坐下去，迟早屁股得焊在轮椅上。

不怕长褥疮？

见秦嫂眼光转移到老太太身上，老头叹口气，她中风，十七年了！

十七年？秦嫂心里默算着，这美气日子没过多久吧。

像是听见秦嫂的画外音，老头眼神越过老太太头顶，值呢，那十年，我过得可美气了。

所谓的美气，不过是老头前妻因病丢下一双不满十岁的儿女去世后，老太太带着女儿跟老头合了家，两人共同抚养三个孩子，日子的艰难可想而知。

老太太年轻时，是过日子的好手。打零工，开杂货店，给人缝补浆洗，总之，能见钱的事，抓到什么做什么。

最难熬的时光，老太太还跑到田间抓老鼠，给孩子们打牙祭，应了那句老话，蚊子翅膀也是肉。

日子蚊子翅膀一般带着嗡嗡声，扑闪着往前趔，眼瞅着岁月静好，儿女长大成人，不需要两老负重前行，偏生老太太毫无征兆中风了，尽管抢救及时，可严重的脑损却让她下肢瘫痪，生活不能自理，智商退化到四五岁的孩童。

大难临头，老头没有丢下老太太，篡改一句网络流行用语，老头不是在求医问药，就是走在求医问药的路上，而且是用轮椅推着老太太一起。

十七年，老太太从体重不过百，到体重一百五。

这期间，有多少肉是老头血汗滋养的，不得而知，老头只知道，从家到医院的那段上坡路，他从最先的一百步把轮椅上的老太太推上去，延长到现在的三百步还不止。

五十步笑百步这个成语，竟然以这种方式得以诠释，不管是一百步，还是三百步，只要老太太的眼里有着老头的身影，老太太眉眼就是喜笑颜开的。

有情有义，这恩爱就算秀到阎王殿前，牛头马面都得手动点赞。

怎么会美事变丑闻呢？秦嫂一百二十个不解。

这当儿，老头儿女们插话了，我爹说他百年归山时，想要把后妈我妈跟他葬一起。

咋了？老头学封建迷信那一套，玩一夫二妻合葬？秦嫂打了个愣怔，在心里。

嗨，你当我有那个心思？这人死如灯灭，我心里门儿清！老头叹口气，眼神无限爱怜看着老太太，她身体从早先的全身麻痹，到如今可以活动自如，从不能开口说话，到现在利落表述，还有得日子过，我是想趁着自己能动嘴动手，给她早早定下一个归宿。

秦嫂明白，老头一旦百年归山，老太太就来日无多了。

不修今世修来世！人活世上，谁还没个执念呢？满足就是！

滑天下之大稽呢这是！老头儿女们不耐烦了，他不活人，我们还要活人的，你一个路人，插什么嘴？想要我们做子女的被口水淹死啊。

秦嫂是陡然拔高的嗓门，路人咋了，老祖宗有明训的，大路不平，旁人铲修！

三天后，这个关于一夫二妻想要合葬的新闻，上了本地网络媒体的热搜，爆料人，据说前前后后哭泣了三次，才把这么个简单不过的故事，给表述完整。

原来看戏掉眼泪，不光是只为古人担忧的。

儿孙满堂不如半路夫妻！评论区彻底被路人泪目，史无前例呈现出一边倒的趋势。

◀ 拿得住人

当陪护，说话要拿得住人，不然，你就会被别人拿捏得死死的！刚做这行时，老陪护再三再四交代秦嫂，话拿得住人，陪护这行你才能做得如鱼得水。

拿人，主要是拿住患者，患者对你满意，医生护士对你就不会有微词。好的陪护，能让护士省心省力，可让医生少费口舌。久病成良医这种说法，在陪护身上，同样管用。

家属对陪护的评价多半来自患者的认定，怎么用话拿住患者，差不多成了每个陪护的入门课。

偏偏秦嫂的这门课挂了科。

不怪老陪护，人家对她可是言传加身教，行动不便的患者饭菜，要减半！

这么说时，老陪护正把家属送的骨头汤喝得啧啧有声。

减半，营养跟得上？秦嫂张大了嘴巴，乍一看，像被骨头汤的香味给馋呆了，其实她是被老陪护的言行给惊呆了。

药水补啊！老陪护擦一下油光光的嘴巴，医生多开药水，医院才有收入。

医院收入跟陪护不搭界啊？秦嫂还是不解。

瞧你这脑筋，咋就不晓得转弯，患者吃得少，自然屙得少，不用一遍遍的端屎端尿，而且吧，这样一来患者身上相对清爽，没有气味，家属不定多高兴。

仔细寻思，还真是这么回事。

不怕患者告状，说伙食被克扣？秦嫂替老陪护担着忧。

有医生啊！老陪护努嘴，他们会当着家属面批评患者，病人，要少吃多餐，暴食暴饮是不可取的。

医生无意助纣为虐，患者的饮食是有禁忌的，尤其老年患者，病人，就得像个病人的样子，在医生的开解下，患者乖乖闭了嘴。

家属的立场，自然转向陪护这边，不好意思啊，这人一老一病，就格外矫情，您多担待！

都担待都担待！嘴皮子利落的老陪护立马轻描淡写补一句，要不老话说，小孩生真病呢。

言下之意，病一旦上身，哪有心思争吃争喝，小孩子有个伤风咳嗽啥的，再好吃的东西都吊不起胃口，老人好意思这么不懂事？

里外不是人的患者，由此一来，便彻底被陪护把话拿住。

要说耳闻目染之下，秦嫂应该很会用话拿人了吧，说来惭愧，往往是三言两语不到，秦嫂被患者把话拿住了。

幸好那个老陪护教完秦嫂就辞工不做了，不然，准气得把到嘴的饭菜吐出来。

不会用话拿人也就算了，秦嫂一双手脚，还常常被人拿住，再怎么勤快的陪护，都做不赢患者的一张嘴，人一老，身体各部位零件都容易出问题，秦嫂能护得过来？

只好频频给患者家属陪不是。

家属无意为难秦嫂，但这个局面对家属有利，言语上轻点重点便没有了禁忌。

秦嫂不怨患者，她常常在心里这么琢磨，假如躺在床上的是自己，肯定会更折腾人。秦嫂是那种眼里有活的人，而且还有点强迫症，头发乱一根都要及时理顺，鞋子不放整齐会直接堵心，在医院这种你来我往乱成一团糟的地方，还不得把陪护指使得一双腿甩起来打屁股墩子。

一念及此，秦嫂心里释然了，被人拿住就拿住吧，钱又不少给一分，肉又不多掉一块。

就这么着，秦嫂动辄把自己想象成患者，把个陪护工作做得如鱼得水的。

这次秦嫂陪护的，是一个中风引起偏瘫患者，意识有，嘴眼歪斜，那张脸要几狰狞有几狰狞，没人敢正眼看。患者很自觉，从不正面示人。

这种患者因为吞咽相当困难，吃饭太费功夫，一般陪护象征性给喂几勺子，就草草了事，反正挂着能量针，饿不死。

秦嫂没草草了事，认认真真给患者系上围兜，把病床摇到理想的角度，才侧身坐在床边，给患者喂饭。

第一口，就有汤汁从嘴角溢出，秦嫂迅速用纸巾给擦干。

第二口，没有汤汁流出，饭菜却在患者嘴里打转，第一口还没从喉咙完全落下喉管。

秦嫂把饭碗放下，轻轻拍着患者后背，直到听见喉咙咕噜一响。

第三口，第四口，患者的喉咙好像被打开，居然，吃了小半碗。

再喂，患者不张口了。

一双眼睛示意秦嫂把保温盒没倒出来的一半，给吃了。

秦嫂端起保温盒出病房，很快空手进来。

患者眯上眼睛，头扭向墙壁，身体颤抖不已。

换第三瓶药水时，有咕咕的叫声从患者肚子传出。

秦嫂起身出门，再进来，手里端着在护士站微波炉里加热的饭菜。

少吃多餐！

患者嘴巴一瘪，眼泪忽然成串成串往下滚。

这是遭受天大委屈的表情呢，秦嫂吓一跳，正俯下身子要给患者赔不是。

有十分熟悉的腔调，以气流的方式，一个字一个字，跌跌撞撞地，撞进秦嫂耳膜，当、陪、护、这、样、才、能、拿、人，我、这、是、遭、报、应、了！

◀ 把人做到位

这老头做人，一定不咋地。

秦嫂很少背后这么腹诽患者，这次到底没能忍住，在心底，嘀咕上了。

不怪秦嫂，这个患者确实太个别。

医生护士当临时家属，是职责所在，秦嫂这个临时陪护，看的是科室主任面子，跟患者八竿子打不着，一声谢谢怎么说都该出口的。

偏偏，患者的言语，金贵得很。都六十四的老头了，这点人情世故咋不懂呢？

嘀咕归嘀咕，秦嫂手里的活半点不误。

患者是双侧腹股沟疝来住院做手术，虽说是微创外科手术，可再怎么微创都是要动刀的。这种情况必须有亲属陪伴，患者竟然，一个人拎着行李来的，不知情的还以为他出门度假呢。

患者还真是，当着老太太这么扯的由头。

问及缘由，医生护士很是唏嘘，老太太年前摔断了腿，如今还靠着拐杖才能动步，能指望她陪护？

子女呢？不等人往下问话，患者已经低下头，冷着一张脸翻手机。

能翻出一个子女照顾你，算你本事！

患者没这本事，医院科室有啊，看患者三缄其口的架势，主任没奈何找到秦嫂，就手搭帮一把呗，秦嫂那会正在患者同一病室陪护病人。

权当为改善医患关系尽一份绵薄之力。

秦嫂向来把自己看作是医院一分子，光尽心还不够，还得尽力。

尽力之余，秦嫂免不了会把目光探向这个孤身患者，下意识地，将各种各样矛盾产生的家庭关系在老头身上过了一遍。

子女不孝，父子反目？抑或孩子太有出息，远在海外？

秦嫂这是手机微信看多了，想当然把患者给安排在各种电视电影场景里，生活中，哪有那么多的狗血剧情上演。

但有一宗，秦嫂可以确实肯定以及一定，患者心里，必然有难言之隐。

微创手术，隐不隐的，都要不了多久。

买饭，打开水，这些都是顺带做的事，不顺带的，是秦嫂还得每天陪患者拉家常，聊新闻。

没承想，差点把患者病情聊反复，患者那会术后伤口，愈合得很好，再有两天，就要出院。

都怪那个该死的甘肃白银越野赛。

秦嫂是事不关己，讲到那个新闻，顺嘴说了句，要不是那个牧羊人，这世上又得多六个冤魂，换个人，可能就把自己以恩人自居了，偏偏人家牧羊人朱可铭压根没把救参赛者这事当赞歌唱，而是很真诚地对夸奖自己的网民，说了一声谢谢！

瞧这人做的，多到位！

秦嫂讲完，可能觉得余意未尽，大着舌头啧啧了两声。

话没落音，就听患者突然间号啕大哭起来。

边哭边从手机里翻出一张照片，儿子，你要是还活着，能跟大家说这么样的一声谢谢，爹这辈子，才把人做到位了！

什么意思？被患者突如其来的哭声弄得莫名所以的秦嫂接过手机，屏幕上，一个英姿飒爽的消防兵正冲着自己敬礼。

好熟悉的面孔！秦嫂脑海中狠狠一过滤，天啦，这不是去年本市最高的楼层发生火灾时，第一时间冲进火场，一连抢救出三个孩子的消防兵吗。

秦嫂见到他，是在医院ICU抢救室，楼梯坍塌，他被埋在其间，等同伴把他抢救出来送到医院，呼吸已经有出无进，秦嫂赶着时间趁他身体尚有余温时给他擦洗干净，把衣服整理好。

英雄，怎么都应该体体面面干干净净上路的。

做完最后一道手续，秦嫂明明白白听见，有微弱的气息从小伙子口中慢慢叹出，现在回想起来，应该是谢谢这两个字。

从大脑中回放的唇形上，秦嫂准确读出了字音。

毕竟，她伺候过那么多语焉不详的患者。

烈士的父亲呢！居然就在眼前，还被自己那样腹诽，大不敬啊。

为示敬意，秦嫂没有阻拦，一任患者哭得地动山摇，伤口撕裂。

事后，科室主任狠狠训了秦嫂，你是老陪护了，咋犯这么低级的错误，成心要毁我们微创外科的名声还是怎么的，做人要厚道，不能因为临时陪护没有钱，就不尽心吧。

秦嫂一任主任训斥完，低了眉顺着眼做保证，主任您放心，患者住多久，我陪护多久，分文不收，而且这后期住院产生的所有费用，都由我认。

主任懵了，要陪护承担患者费用，前所未有的事呢，秦嫂你做人也太个别了吧？

秦嫂说你别管个别不个别，这是我做人的原则，只要你能把这事办成，我还搭帮着给你说谢谢一声。